一想到九份

賴舒亞

謹獻給上帝，感謝主，按時降下春雨、秋雨，賜福大地。

目錄 Contents

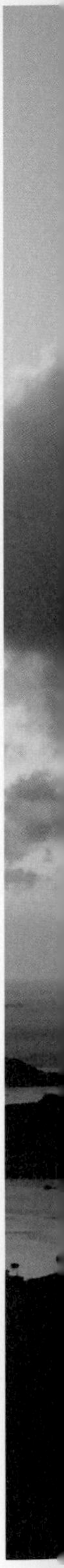

輯三　疊上歲月的步履

推薦序

過往書寫九份的著作還不少，文史工作者爬梳者尤其多，有些也能從過往礦業生活進行縝密的田野調查，整理出感人或驚奇的故事。

但像作者這樣在地，長時生活於裡，又外，再不斷進出，寫出家常風味特質的委實少數。這樣厝邊頭尾的散文式報導，嫻熟地推介在地知名店面的料理、藝術和日常生活，同時對街衢地景栩栩如生地道述。

這些種種風物情境的表述，映照著觀光旅遊的持續進襲，無疑地，讓這本書所切入的視角，更添增可貴性。

推薦序

林怡翠

從原鄉到他鄉，舒亞一直在記錄這片土地的聲音，而她所穿梭追尋的，可能是我們每個人心中的故鄉。

閱讀《一想到九份》我們就像是跟著舒亞的腳步，將九份的過去和現在，繁華與靜默，全全然然地遊歷了一遍。彷彿我也看見了茶館的水壺口冒出了氤氳的白煙，也行走於寧靜的巷弄，也凝聽著在九份深耕努力的人們，輕輕細數著種種故事。

這是我們所需要的，一個為風土為生民，誠誠懇懇地書寫的作者。也因為這樣，我們才能一起閱讀九份的美好，這個古老得很新穎，將舊時光擦亮，且如此豐盛的山城。

665072

輯一

流光在石階上彈奏

舊昔的呼喚，引人聽見流光的彈奏，好一首滄美的歷史之歌。

流光在石階上彈奏

午後，和煦的日光灑落在窗口，與我對坐，不遠處，基隆嶼靜好地臥在蔚藍的海面，那樣寫意般和我相望，有別於上回與朋友上山，這一次我選擇獨自前來。有時候，一個人好像比較容易聽見時光和歷史在你耳邊輕聲細語的恩寵。

這裡是臺灣東北角的九份，曩昔因盛產金礦而繁華，在礦坑全面封閉後一度沒落了。因電影《悲情城市》、廣告「藍山咖啡」來此取景，才又替山城注入生機。九份那條長達三百六十五階的豎崎路，尤其是那些高高懸掛著的紅燈籠更吸引了很多日本、韓國等地的遊客，他們覺得古色古香的紅燈籠有種道地的臺灣味，因此百來不膩。記得具有礦工與導覽身分的九份耆老江兩旺曾說：「我想要把金礦的歷史留下來。」而今他離世已逾十載，除了金礦的歷史，究竟有多少老九份人希望的過往得以保留，恐怕是個未知數。

我在安靜的茶坊裡獨坐，放眼望去，眼前依山勢高低，房屋層疊而建的小鎮，形成獨特的階梯式景致。舒爽的空氣中，飄散著裊裊清香，桌上的陶壺中包裹著新生的茶葉，宛若這個山城，從古至今對於不同的人與事展現了兼容並蓄的氣度，這般的特質與我的故鄉金瓜石如出一轍，因此，很久以前，我其實有想過要為它留些文字，但這樣的念頭變成了遲未付諸行動的想法。「如果可能的話，有朝一日，我願意為九份做一次全盤的記錄。」這樣的願望一直在腦海盤旋著。

那天，一樣是約在這裡，窗外的海景一樣美麗如昔。我與在地前輩聊著自己先前極少聽過的九份，聽他講述著九份與金瓜石之間的差異，聽到我說金瓜石常被人誤以為是九份的無奈，他靦腆地說雖然九份跟金瓜石這兩個地區都產金礦，以致大家很容易把兩個地名聯想在一塊；但它們在採金與管理上的方法都不同，兩邊的生活與文化也有

陽光照在灰色的水泥石階上，一路延伸著力量，那一長串階梯是許多人對九份的印象。

差異。九份從日治時代到戰後，交給臺陽礦業管理，很長的一段時間皆採承包制度，但金瓜石的金礦是直營開採，大部分時間屬官方經營。之後，他聊及比較有根據的九份地名由來，按照耆老的說法，「早年在地的居民多採樟樹煮樟腦為業，有九十口樟腦灶，以十口灶為一份，共有九份，這個地方也就被稱為『九份』了。」看他認真地解釋著經常被誤解的地名，同時不浮誇地形容那個早期的江湖，以及對地方未來的發展和期待，山城過去的這款那項在他的言談之間，彷彿在我眼前一塊一塊地慢慢拼湊成形。

與金瓜石一樣產金，日治之後的九份，在基隆顏氏家族經營下，不僅金礦邁向盛產的階段，煤礦也在此時開挖，「上品送九份，次品輸臺北。」正是形容當時的榮景。從絢爛歸於平淡後的山城，對多數人而言此地是商業據點，大部分的人把它視為生活中的館驛，也有少數人選擇來此落腳。即使九份可以包容多元族群，可是山城的人文必須被存留，無須因外力而磨損了它的原貌。

彼時的九份由於挖金礦吸引了大批的人潮，以及因採金而衍生的商機，附近城鎮的各行各業見有利可圖，不辭勞苦地挑著擔子來到九份。因此，基山街的小吃攤、飯館、菜市場、西服店、銀樓、五金行、布莊、柑仔店、撞球間、理髮廳、酒家、棉被店等應有盡有。人車鼎沸的輕便路上是鶯鶯燕燕的棲所，甚或有遠從朝鮮來的酒家女為班底的朝鮮樓。就算天色慢慢地轉暗，但整片礦山的氛圍毫不被夜晚攔阻，彷彿在漆黑的礦石上閃爍的金砂。通宵達旦的燈火、繁榮所掀起的歡樂景象，那時九份因此有了「小香港」與「小上海」的封號。

許多年來，九份因著電影、電視和廣告的拍攝，使得觀光客越來越多，甚至有炒作房地產者進入，導致原本毫無觀光氣息的九份，不只環境遭受污染，交通混亂，連房價也高漲，目前九份所有房子的土地所有權，都屬於早期的礦主臺陽公司所有，因此九份日後的走向，土地政策極為關鍵。

現在說到九份，大家的第一印象就是老街跟芋圓，不知有沒有人想過九份一帶並沒有出產芋頭，那麼遠近馳名的九份芋圓究竟從何而來？聽說起先是菜市場內的一名阿婆，用晾衣架掛著一包包的芋圓跟人客兜售，好像也並沒有特別強調是在地的名產。此外，九份特殊的建築景觀，那緊密依偎的屋宅，與其間的狹窄通道如何形成？暗街仔的別稱怎麼來的？迄今已有百年歷史的頌德公園內的頌德碑，歌頌的到底又是誰的功業與德行呢？除了遊客不求甚解，在地人也沒有加以解說，經年累月，九份原有的歷史逐漸被遺忘，甚至原有的文史被外來的特色所取代，這是否為老九份人所樂見？當地的耆老漸凋，假如沒及時記錄山城，我們將怎麼去留下它的舊往？

回到城市後，我認真地思索，自己是否真有辦法替九份略盡棉薄之力，完成屬於它的記錄，即便無法面面俱到，仍盡力挖掘在地過往的風采，深入現今人文、藝術等層次，以期呈現完整的九份圖像。然後，差不多一盞茶的時間，許多年以前，「希望可以為九份做一次全盤的記錄。」這個想法再度與我不期而遇，宛若光陰的手指溫柔地在每一個飽含人文和歷史分量的石階上，彈奏出一首又一首的樂章，既是古典，也是現代。

這不禁讓我憶及自己對故鄉的愛，隱約我的心扉像響起九份來叩門的聲音，那聲音，既溫柔又輕微地邀請我走進去認識它。

在別的城鎮，不容易看到依山勢高低，層疊而建的房屋，這是九份的一大特色。

安靜的基隆山下，醒著的燈火，熱鬧的九份夜未眠。

走進九份

臨山靠海，與基隆山遙望的九份，天朗氣清，蔚藍的穹蒼，潔白的雲朵，早上剛過十點，這個位處臺灣東北角的山城，街道已出現擁擠的觀光客，看著這些人潮，不禁佩服起這座小小的山城。無須號召與動員，從白晝到黑夜，這片土地就是有魅力吸引來自四面八方的群眾，為美食小吃還是山海風景，或有其他無法言說的因素，似乎無須打破砂鍋問到底。

參觀年逾百歲的九份國小，校園兩旁的百年大榕樹讓我備感親切，也許跟在我金瓜石老家的屋後也有兩棵榕樹有關係。

九份國小在日治時代創校，原為瑞芳公學校分離教室，一九一九年開始獨立成九分公學校。在採礦的鼎盛期，九份國小班級數曾高達四十多班，直至臺灣光復後，淘金式微，人口大量外移，九份國小學生人數也從巔峰時的兩千多名，轉型為七十餘位學童的迷你學校。

離開九份國小，在附近的芋圓店外帶一碗芋圓，坐在石階上，小城倚著基隆山，另外一側是綿延的山巒，前方的港灣，美景盡攬眼底。

倘徉於山與海環繞的小鎮，尤其山坡與階梯式房屋，形成獨特的建築景觀，實在令人忍不住遙想過往的採金歲華，翻啟九份輝煌之頁，我們發現當年的開採權以基隆山為界，東邊的礦權歸金瓜石，西邊的礦權屬九份。

此地的繁華與閃亮的金礦密不可分，這座礦山曾歷經三次的起落，假使除去採金的這一環，恐怕難有後來的這些變化。一八九三年，九份發現小金瓜露頭，這地開始湧進大批的淘金客，此為首次的興起。一八九五年，滿清在《馬關條約》裡把臺灣割讓給日本，日本人與基隆顏家相繼擁有九份礦權，特別在顏家的經營下，九份的產金量

放慢步履，走進九份，仔細地閱讀山城的日常。

邁入全盛期，此為第二次的興起。一九四五年戰後，國民政府來臺，將九份的黃金產量開闢出另一片榮景，此為第三次的興起。可惜好景不常，一九五七年產金量又衰退，最後在一九七二年全面封礦，人口也不斷外移，九份沉寂了十幾個年頭，直至一九八九年，九份街景出現在侯孝賢導演《悲情城市》裡，落寞許久的山城才再度興起。

其實，早分別在一九八五年《八番坑口的新娘》，以及一九八六年《戀戀風塵》就已經赴此取過景，而今，來到這座美麗山城的遊客，有多少人曉得那些早年的消息，包括九份曾發生一場巨大的災變，起因於基隆山腳下的煤山煤礦，由於壓風機房的電線短路起火燃燒，造成一百多人的傷亡，彼時是一九八四年七月十日中午。這座礦山並非一切盡是風光明媚，但那也是它的部分，當思及礦山，唯有走近了，接觸了，才能真正走進九份。

我非常喜歡詩人林怡翠在詩集《被月光抓傷的背》中的一首〈九份五記〉，讀著這首詩就會想到九份。

在手掌上畫一條小巷
黃包車上的女子
嗅著一朵脂粉香味的黃昏
兩旁的牆
斑駁成滿地的足印
所有的影子都待著　對月亮歌唱
合掌
捏碎了這城市的繁華
用二十塊買一瓶彈珠汽水

生吞下去的童年
因為一個嗝
才想起一個耳光
是阿母還是歲月打散了一地
贏來的彈珠
逐漸死去的山
眉間仍有一道傷口
我的吶喊
回音以礦災時淒厲的驚叫
苔草讀過無數人的墓碑
一輛煤車從額頭推過
踩過滿地的爆竹屑
在大雨後
與老人與風
爭奪一句引人落淚的嗩吶
這城鎮
正孵出一些新的招牌

穿過頌德公園附近的磅空口，宛若遇見另一個時空。

偶一抬頭，與過往的斑駁相望。

這首詩是我非常喜歡的一首描寫九份的詩作，不僅入選許多的選集，九份的風光，也被民視《飛閱文學地景》的節目，空拍，製作成了短片。詩人曾跟我說：「這首詩就像是九份這片土地人文，那山那水，一直在那裡，隨著歲月，活出不同的，屬於自己的姿態。」

每當觀看有關九份的作品，閱讀其過往，才發現從以前走到後來，淘金榮景已逝的現今，在觀光表面的背後，除了礦產，應該還有其他罕為人見的文化底蘊，除了文人墨客和媒體留下的記錄，它也藉由更多的形式被推薦在世人眼前。譬如近年逐漸受矚目，充滿文創風的輕便路，每隔幾步就有一家小店，可能是臺灣味的商行或略帶異國風情的小酒吧。

每次行經輕便路上的意象陶坊，我總會看見陶藝家專注於陶藝的身影。見朋友來訪，她會將手邊的工作告一段落，和大家圍桌而坐，泡茶話家常。我看著展示櫃上許多不同類型的精巧作品，好奇地問她怎麼有辦法不斷推陳出新，率真的她也不打算藏私，慷慨分享靈感來源，原來從客人的訂單、出外遊玩的見聞，還有IG與臉書等網路上的手藝品，皆是她的創作題材。

土生土長於九份的陶藝家，養了一隻親人的貓，店內有不少以牠為主的「貓系列」創作也頗受歡迎。除了貓，就是以九份的花草為主，在捏陶過程中也加進房子、樓梯等元素來突顯植物的主題，久了便延伸出小聚落、小街道的概念，讓內容變得更活潑。

我對房子的黑屋頂一直有種鄉愁，詢問能否訂做一間瀝青色屋頂的房子，心有同感的她說這除了是早年金瓜石也是九份的特色，前陣子她還看到有人在綁颱風石，這些都是老九份的記憶，值得透過作品將它保留下來。

走出意象陶坊向左走，沒幾分鐘，你會看見一間百年老屋，這間老屋的特色在它內部建築，除了主要以或大或小的石頭堆砌而成的牆壁外，內部也保留早期的杉木屋梁，堪稱早期九份典型的建築代表。

過去的山城，一般人的經濟狀況也可從住屋石頭形狀一窺究竟，貧困者只能用不規則的石頭去堆房屋，甚至有些石塊還是撿人家拆掉房子時丟棄的石頭回來填充，而家境稍好的人，當然選用整塊規則形狀的石頭去蓋房子。

時移事往，過去的九份以豐富的礦產引進大量的人潮，進而聞名海內外，淘金熱平息後的礦區，則用另一種風情，邀請我們在觀光之際，也能同時認識它的在地文化。

陶藝家專注工作的表情。

雅致的陶藝品，讓人想喝一碗茶。

小上海的二三事

紅透半邊天的九份，經過幾番起落，自有其生存之道，從電影、廣告到這裡取景以來，這座小山城熱度不減，至今照常燒滾著。而有關九份的這款那項，也變成了旅人一探究竟的話題。

九份於一九一〇與一九三〇年後，差不多在這兩次的時間點，分別「大著金」，彼時，九份已有小上海之稱，由基隆外海看過來，位在半山腰的九份宛若不夜城，彼時繁華景象可想而知。早期基山街不是稱老街，它被人稱為暗街，閩南語叫暗街仔，聽說因為有很多的酒家，所以也被人稱為酒家街。

講到九份就不能遺漏礦產，此地礦山素有「百百脈」之稱，採礦權與我的故鄉金瓜石不同。

日治時期，商人田中長兵衛負責金瓜石礦權，藤田組管理九份礦權，他們用現代化技術開採金礦，但挖過幾條大礦脈後就不敷成本，因此，藤田把九份的礦權租給顏雲年。九份的礦脈經常分布著許多金礦，顏雲年使用臺灣的狸掘式挖掘法與三級包租制經營礦權，而狸掘式挖掘法正好能順著礦脈將金礦完整挖透。

顏雲年的三級包租制沒有限制身分，只需有資金就能跟臺陽公司立契約、租礦區，臺陽公司劃分許多的小礦區，開放承包採礦權，講好採到黃金給臺陽公司抽幾成，若沒挖到當然就不用抽，有些人資金不足就跟承包商再承包，所以又分為總包、中包與下包，此制度讓每個想發財又肯打拚的人有機會租礦坑當礦主，可是假使連續三個月都沒採著金礦，也不好白占地土，臺陽公司將收回採礦權。

說起礦坑，在九份，五番坑原貌保存得還算完整，也是臺灣人第一個開採的礦坑，九份有十個大型的坑洞，一番坑在小金瓜露頭上面，四番坑在一〇二公路，當地共有一百五十五個礦坑，連接起來約一百七十公里，金瓜石是六百公里，走進坑洞，每一〇五公尺就分布許多小的坑洞，各自通往不同的出口。

既有歷史，原貌又完整的五番坑外觀。

浩瀚而美麗的穹蒼，俯視山城聚落，欣賞其間的靜好。

常有人開玩笑說，九份不只有黃金，也產黑金，這是因為九份除了產金礦也有煤礦，須格外注意的是，如果坑口加以註明「禁止煙火」的就是採煤礦，沒寫的則是採金礦。

關於「九份」地名的由來，始終版本不一，最常聽到的講法是說早年這裡住九戶人家，每次買東西就買九份；可是整座山那麼大，真的有可能只住九戶人家嗎？這個問題在我心裡，一直存疑著。

有一回聽在地人轉述老人家的解釋，從臺北搭火車來瑞芳會經過松山、南港、汐止、五堵、六堵、七堵、八堵，然後暖暖、四腳亭，再來應該叫「九堵」；但因早年的九份人喜歡賭博，萬一叫九堵，似乎有點十賭九輸的意味，因此以前稱它九分，再過去是十分，十分有煤礦工寮，被取做十分寮，象徵十分幸福，也很少發生煤礦災變，親人也鮮少分離。

然而，「九分」這個地名始終有少一分的缺陷，聽說以前九分又名「寡婦村」，因為男人採礦壽命短，女人變成寡婦，能進礦坑挖礦的人也少了，而住這裡的女性壽命較長，也容易存錢，男人賺的錢幾乎留不久，多花去請客、上酒家。

九份的地形像畚箕，大起大落的變化，使當時的國民政府覺得這個地名取得不好，於是在「分」的左邊加了「人」字旁，把地名變成「九份」，希望藉此能祝福這個地方。另外，還有說早期九份有很多的狗，而「狗」的閩南語發音與「九」同音而得名。

現在的九份派出所成立於日治時代，派出所前佇立著一棵漂亮的百年老樟樹，有人說過去九份是提煉樟腦的地方，而煉樟腦的灶以十口為一份，共計九十口，所以叫「九份」，因為百年老樟樹，這裡變成傳說裡，古早煉樟腦的可能地點。

這些眾說紛紜的講法各有所本，也許沒有任何所謂真正的標準答案，或者就按著個人的感覺，選擇一個符合自己心中九份印象的版本去相信又何妨。

隨著時代變遷，現在九份的房子，大部分改建成鋼筋水泥的房屋，兩個磚塊合在一起，中間再跨一個磚塊，俗稱「T」字形蓋法，萬一房子本身有裂縫，雨水就會滲入屋裡。

當年這裡的房宅非常堅固，大家多半採用日本式的疊法建造，用「人」字形的蓋法，以前的屋子無法打地基，依山勢而建，在地人直接拿當地的石頭、杉木蓋房子，再塗上柏油，這樣的蓋法不僅防震，遇到落雨時，雨水會順著石頭旁邊的縫隙流下，不會滲進屋內。

人字形蓋法的這種石頭屋又名「黃金屋」，據說是由於九份的黃金長在岩石上，所以出現這樣的雅稱，在日本統管的古早，如果礦工成功從礦坑挾帶金子回家，為預防日本人突擊檢查，礦工會鬆開家裡牆壁的石頭，將黃金分散藏入石壁，再用土封起來，藉此躲過日本人不定時的搜索。

有趣的是時間一久，有些人會忘掉自己當初偷藏金子這件事，或不記得藏在什麼地方，也沒交代家人，因此那年代，如果知道哪個住戶曾有人當礦工，他們家房子要改建，許多人就自告奮勇去幫忙，沒領工資也不打緊，希望看能否有機會撿到金子。

我站在饒富歷史痕跡的人字形石頭屋前，用手撫觸其上閃耀的金光，想像舊昔礦工敲開石頭，塞進黃金的忐忑心情，不禁莞爾；只是這些陳年再寶貴，終究難敵歲月洪湍的沖刷，過去的那些古意、溫厚，以及質樸，也只能存留在記憶中去懷念了。

信手拈來九份的二三事，沾些古早時光的氛圍，如果真要從頭細數九份的礦城往事，又豈是三言兩語就能訴說得盡。

九份派出所前的百年老樟樹。

以往的富貴與榮華，而今只能成追憶。

旅者記行

寄自遠方的消息，字裡行間流露著你對來九份玩的想像與期待，我想起或旅行前後或過程裡，用文字呈現出與它有關的創作是喜歡旅行和文學的你的願望，只是充斥市面的旅遊書與觀光手冊皆不能滿足這樣的欲望。其實，旅行可以經由一種具有深度的方法呈現，這是我們共同的看見。那麼，如何讓旅行與作品之間擦撞出美麗的火花？完成給我的問候的同時，你補上了這樣的一朵疑問。

偌大地球村，天涯若比鄰，每一個人都是一位旅行者，各自在不同或相異的時間與空間，實踐著不同的旅行生活，每一次的旅行也是每一次身體與靈魂的移動，旅人主導旅行，旅行呈現風采，彼此之間有著密切關係，為了盡量不遺忘，身為旅者的人們，常透過相機、文字等方式呈現的各種風情，藉以見證生命的成長，以及遷徙。旅人暗自在旅途裡表露出對歷史流失的不甘與滄桑，令人類在面對時空物換星移之際，除了難捨，也期許自己用一種豁達的眼界去祝福造訪的城市，如我們面對九份的心情。

有時候觀賞某些與旅遊相關的作品，字裡行間難免洩露出城鎮過往衰微的感覺，也希望對流失的某些東西望而興嘆時，把流失的舊生活重新拼貼，藉此描繪出一個指日可待的果陀。於是，在每座城市生存的旅人，面對未來的生活模式或許不再只是奢求固定在某一個空間，而應該學習接受會產生在不同的城與城之間遷徙的可能性，但該怎麼在「安身」與「移動」的自處中取得平衡？如何在現實本身所居住的地土上保有在異地旅行的態度，如何在異地旅行時不覺得失根漂流？如何在安定中旅行？如何在旅行中安定？好比使徒保羅所言：「我知道怎樣處卑賤，也知道怎樣處豐富，或飽足，或飢餓，或有餘，或缺乏、隨事隨在，我都得了祕訣。」（《腓立比書》第四章十二節）這是有心選擇以文字作為表現旅行的人應該認真思考之處。

透過相機的鏡頭，捕捉輕便路的歷史與時尚，還有營業的店鋪，以及紅色的燈籠。

石階。單車。房舍。以上這些都留有時光的吻痕，以及吻別。

旅行除了是一種身體的移動，也是一種靈魂的更新，比方許多旅行文學常是先有明確的主題，再開始旅程，同時進行主題性寫作，甚或僅先在旅途中整理旅遊的筆記，等旅行結束後才開始書寫。在次序上，我認為旅人貼切地記錄生活，不應只為了產生遊記的文體才去記錄生活。生活即旅行，旅行反映生活，記錄在地與異域的生活，可以沒有刻意華麗文句的堆砌，亦能無具備小說橋段的鋪陳，單純是身為一位旅人，同時也是一個市井小民的生活記錄，踏在臺灣的土地，剝開城市的皮層。

比方不經意來到九份，遇上當地耆老同我講一段過去的歷史，或者觀光客手拿地圖不知該往哪裡走時，在地人用臺灣國語或外加比手畫腳指示欲落腳民宿的方向。可能拿著相機捕捉民宅巷弄或文創商品的瞬間，碰到禁止拍照等善意提醒。或許這就是類似在記錄旅程的表象外，也建構旅人與他人之間對話的重要性。有人覺得這樣說未免太累，那麼，假若念舊者注定辛苦，是否意謂著健忘者在面對滄海桑田時不掉淚，因此能迅速地與其他將來的人事建立關係並且和平相處？選擇明哲保身，避免再經歷另一波流逝的人們，索性不再沉淪回憶或與新的人事發生任何關係，但令人好奇的是，是否只要明哲就真的可以保身？

經常想到九份，我想呈達的不只是它的熱鬧，也包括安靜的看見，因為旅行即是生活的體現，必須藉由文字呈現，讓更多人曉得生活與旅行的關係。「從那裡他又遷到伯特利東邊的山，支搭帳棚。……後來亞伯蘭又漸漸遷往南地去。」（《創世記》第十二章八至九節）這麼看來，旅行與生活本來是同一件事，每次的支搭帳棚意謂每次的旅行，亦是生命不斷擴張的表現，它與另一種商業的消費購物走馬看花的觀光活動不同。旅行象徵其生命的深度與厚度，並非要存一大筆錢，訂機票，飄洋過海，應將旅行的定義延伸至靈魂的層面，身體與心智的休息，在生活中旅行，在旅行中生活。透過文學、攝影等其他管道的呈現，語言和國度之間的差距縮短了，文化與種族之間的交流增多了；然而，在這些貢獻以外，我冀許讓每一天的生活就是一場精采的旅程，彰顯生命的流動與變化，進而書

偶遇隨風舞動的衣衫，彷彿裹著海風與陽光的氣息，旅途中的小確幸。

寫，當用手中的筆記錄九份之旅，必定可以挖掘更多的豐盛。

經由每一趟旅行，出發。抵達。回歸。深入進行在地的文化漫遊，透過居民角度，藉由文字與在地百姓目光來看該區過去、現在，甚至日後的人文風情，進而延伸出具指標性之地，同時更推薦居民平日的漫遊路線、惠顧的私房去處與自然生態景觀，發掘當地特色，九份與其他這些異中有同的城市才能閃爍著光輝，映照出歷史的思維，至於人在旅行的過程中對生命、剝離、死亡、復活……，所產生的質疑，不管有無明確的解答，時光皆不會停止，繼續讓我們在其中見證某些過往不斷地傾圮、崩塌之際，有許多的未來則不停地萌芽、勃發。

祈願每一次的山城時光，可以從當地文化歷史出發，結合在地人的雙眼來發現當地特色，跟隨他們娓娓道來的古今，深度導覽且發現當地，引領更多人光臨並閱讀這座城。

安靜的聆聽，每一次的山城絮語。

旅行，是生活的體現。

陳年並不如煙

在金礦以外，說起九份，還有許多被人所忽略的歷史，而大家常聽到卻不熟悉的顏家與臺陽礦業事務所均是不能遺漏的部分。

一青妙在《我的箱子》中的〈顏家物語〉寫著：「比爾為了讓我們了解礦業是顏家企業的一環，便開放關閉已久的礦山坑道，我有幸得以進入參觀。目前坑道已停止採挖，因有地下水脈可供飲用水販售，目前仍由員工繼續管理，但不知礦坑老朽何時會坍方。」

如果記得沒錯，書裡提及的礦坑應該為國英坑（取昔日臺陽公司社長顏國年與瑞芳礦業所長翁山英之名），這裡也就是九番坑。附近水池悠游著許多的魚，這是因顏家水源的水質與水溫，皆適合養殖此珍貴的魚類。

我十分羨慕一青妙有機會進到封閉已久的礦坑，去體驗古早的坑道時光，閱讀這位顏家後代筆下的家鄉，有關顏家與九份的一切也彷彿來到眼前，格外有種人親土親的感覺。

當年在臺灣有高雄陳家、鹿港辜家、霧峰林家、基隆顏家與板橋林家這五大家族，而負責九份礦權的顏家，是北臺灣礦坑的管理者，在當地具有舉足輕重的分量。

從九份派出所對面馬路旁的紅磚階梯再往下走一小段路，就會到達和九份礦業息息相關的臺陽礦業事務所，這是顏雲年與蘇源泉等人在一九〇三年組成的臺陽礦業事務所，前身為「雲泉商會」，一九三七年，遷址到現今的豎崎路。

這棟被列為歷史建物的臺陽礦業事務所，不只是我喜歡的九份建築之一，它也為一處適合獨自漫步的所在。聽說裡面還保留九份出產的各類礦石標本，以及秤礦石的特大號天秤，可惜無法入內參觀。

別有洞天的巷弄風光，清朗的天空，等待旅人用心探索。

外觀是黃褐色壁磚與洗石子牆座的精緻日式建築物，旁邊豎立的金屬圓柱，其上斑駁的文字寫著：

一九二〇年「臺陽礦業株式會社」創立
顏雲年、顏國年兄弟興築鐵路
經營石底煤田及瑞芳金礦
一九三七年設置瑞芳辦事處
整體建築以方形量塊構成
屬於加強磚造平房
外牆以洗石子與黃褐色磁磚處理
一九四八年「臺陽礦業股份有限公司」成立
一九七一年瑞芳金礦結束開採
二〇〇三年八月二十八日公告為歷史建築

每當說到九份挖礦的歷史，相對於它的山海風景跟銅板美食，或多或少總令人覺得生硬而提不起興趣；但這部分卻是這座礦山的菁華，也是深入此地的叩門磚，值得咱們花些工夫去認識。

說到九份直覺當然會想起黃金，那是從金砂在基隆河被發現，向上追溯源頭，在小金瓜露頭找到礦脈後，九份產金的盛名便傳開來。後來因滿清政府在甲午戰爭敗給日本，割讓臺灣給日本，一八九五年，臺灣淪為殖民地，當時有不少人在臺灣各地發起抗日運動，導致礦產暫時停採，日本治理臺灣兩年後，九份礦區由大阪商人藤田傳三郎的藤田組管理。

九份因淘金熱，當地的人口增添了數萬人，彼時，藤田組幾乎把開採權委託給顏雲年，也就在這個階段，九份的礦權進入發包制，平民百姓有了因挖到黃金而一夕致富的機會。後來由顏雲年的長子顏欽賢接管，太平洋戰爭也接近尾聲，一切的採金作業暫停，直至日本敗北，「臺陽礦業」才被顏家改成「臺陽公司」，恢復礦權的開採，此時，國民政府接管了臺陽公司，到一九七一年礦坑封閉為止，為了照顧昔日的礦工，臺陽公司將土地以較低的價錢租給礦工。

聽說原來擔任九份警察與通譯的顏雲年，在日本接收臺灣時，他的叔父顏正春參加抗日活動遭日本憲兵隊逮捕，當年二十多歲的顏雲年替叔父去自首，日軍被他的孝心與勇敢所感動，加上當時日本軍隊也沒人會翻譯日語，顏雲年因而變成憲兵隊的翻譯員。

被列為歷史建築的臺陽礦業事務所，在日光照耀下，猶存早年迷人的韻味。

後來，顏雲年成為瑞芳的巡查與通譯，用良民證與日方談條件，取得基隆河採金權，當年的臺灣總督府尚未開放礦權讓臺灣人開採，日本人對顏家的厚待由此可見。過了幾年，九份的主礦逐漸枯竭，又發生有工人竊金等原因，藤田組沒有得到什麼利潤，便在一九一四年把經營權租予顏雲年，為期七年。承租期滿，顏雲年創辦「臺陽礦業株式會社」，買下藤田組所有的股份，此後，臺陽礦業公司一直是九份地區礦權的所有者。

把九份礦區經營得有聲有色的顏雲年病逝後，長子顏欽賢在顏雲年的弟弟顏國年輔佐下，重新整頓家族事業，改組為臺陽礦業株式會社。顏國年離世後，顏欽賢正式管理顏家產業，安排長子顏惠民在日本學習院留學。太平洋戰爭結束後，顏惠民進到早稻田大學，求學期間邂逅日籍女性一青和枝，兩人婚後生下一青妙（日本牙醫、作家）與一青窈（日本流行音樂歌手、演員）兩姐妹，更是替九份注入了一幅優美的人文風情。

讓我動容的是在礦產外，臺陽也體恤當地人的用水需求，從九番坑把加壓的水運到八番坑讓居民挑水，再把八番坑的水加壓送去九份國小旁的水櫃，讓水往下流到每戶人家，解決居民長期徒步擔水、用竹管接山泉水的不便。以前的九份，沒有任何一所國中能方便提供在地學子就近讀書，於是顏欽賢以臺陽礦業的名義，提供八千坪的山坡地興建學校，地方政府感動其善行，用他的名字作為「欽賢國中」的校名以茲記念。一九八五年，顏惠民離世後，顏家便由其他親族繼承家業。

樹木間三兩隻白色蝴蝶飛舞，我看著臺陽礦業事務所旁草地上那塊長滿青苔豎立的頌旌碑，不僅石碑本身已傾圮斷裂，其上文字也因經年累月風吹雨打而褪色不易辨認；但根據查考的文獻內容，我得知那是歌頌一九〇二年顏雲年與蘇源泉共同開闢瑞芳至九份的道路，改善居民交通與物資運輸的功績。

物換星移，基隆顏家與臺陽礦業事務所的話題，縱使至今並非為每位造訪九份的遊客所津津樂道，但在九份的歷史上，依舊是不會消逝的一頁。

錯雜的屋宅與掩蔽的門窗，像山城的這款那項，是一直存在的視野。

雨夜

子夜時分，我躺在床上輾轉反側，窗外無預警地下起暴雨，非但替炙熱的盆地注入了些許的清涼，也讓我思及古早。

窗外的雨勢由滂沱，慢慢地緩轉為滴答的節奏，再變回不間斷的落雨，聽著落雨聲，我難以入眠，我想應該是愛我的上帝曉得我又在想念童年，因此專程為我送來這一場像極了故鄉的夜雨。

有人說雨水代表財富，好幾年以來，金瓜石已經不常下雨，起碼它的年雨量跟以前相比確實少了許多，因為雨水減少的緣故，所以礦脈貧瘠，甚至坑道裡不再出現黃金的蹤影，更很少觀光客會到僻靜的深山聚落。

這樣的觀點我不置可否，正確來講應該是我從來就不在乎這個地方有多少的礦產可挖，或者是它還有沒有黃金的存在，可以吸引多少遊客，創造多少商機，這些對我而言真的不是那麼重要。我所祈盼的是家鄉的人和事皆平安靜好，在我回家時能夠看見熟悉的臉孔，聽到親切的聲音，健康地招呼著我這一位離鄉在外的遊子。

與故鄉相似的城市雨夜，我推開被子離開眠床，起身捻亮桌燈，從書架上抽取我鍾愛的私房書，那是彼得·梅爾所著的《山居歲月——我在普羅旺斯的一年》，書裡記載八〇年代後期，他跟妻子移居法國普羅旺斯的生活。因為這一本書，作者成為知名作家，也掀起一股普羅旺斯的熱潮，但過多造訪普羅旺斯的觀光客，後來卻也迫使他們搬離原先的住所，我想這是他們始料未及的事。

我，當然希望金瓜石被喜歡它的人認識且珍惜；然而，其實我也擔心故鄉變成另外一個九份，觀光客隨興來去吃喝玩樂，留下了喧譁、壅塞的人車與垃圾之外，還有什麼？珍寶般的九份人文和歷史是否有人收進行囊，用心珍藏？

雨中的九份，有一種洗盡鉛華的純粹，而雨，繼續地落著。

記得好久以前，喜歡九份的朋友邀我上山，平時的交通雖不似假日般阻塞，車子卻也走走停停好些時候才抵達九份。

車一停妥，大半的乘客幾乎都起身準備下車，朋友感到意外，幾年沒上九份，來這裡的人依舊這麼多，而且大家還是一樣集中在老街下車。

我半開玩笑說，可能是英雄所見略同吧，每個人才不約而同選在微雨的天氣上山，趕著欣賞雨中的山城，他不置可否地回答，也對。下過雨的九份確實有另外一種難以形容之美。

當天，隨走隨逛，步行在老街裡，即使天空飄著細雨但不想打傘，反正衣服也淋不溼。簡單吃過午餐，到離豎崎路最近的茶樓喝茶敘舊，直至窗外雨勢盡收，華燈初上，我們才告別九份，搭客運回臺北。

那次與朋友臨時起意上九份的雨中行，讓我留下美好的記憶，爾後，我便常獨自一人上山，就算陰霾天空，隱約雷鳴的氣候，山城的氛圍依舊有種復古的寧謐。信步沿著串聯的階梯走，鞋底踩踏的石頭被敲出規律的聲響，足跡一路延伸至能看見海的瞭望臺，朦朧的基隆嶼安分坐落其中，豈料，不到一刻，穹蒼就理直氣壯地落起大雨來，令人措手不及的雨勢洗去外來的塵囂，整座山城頓時變得清淨，這就是九份擇善固執的脾性，數十年如一日，不為誰改變。坦白說，雖然哭笑不得，但我還真喜歡它這份不拖泥帶水的率真，總是在任何形式的一場雨後，讓這片土地煥然一新。

夜雨，斷續地敲打著屋簷，每逢這樣的時刻，常讓我彷若置身在山城，也不禁心疼起九份，這麼多年來，九份老街儼如代表了整座山城；但有誰了解除了芋圓、草仔粿等吃的食物以外，此地曾經出產黃金，也是成全許多人黃金夢的所在。或許，改朝換代之後，從前這裡發生哪些故事，有過什麼樣的歷史，已經沒人在乎了。

不對啊，起碼我在乎，相信還有陪伴著我夜讀的雨聲也在乎。等天色亮醒後，我想上山去探望九份。

即使陰霾天空，隱約雷鳴，山城仍有著靜謐。

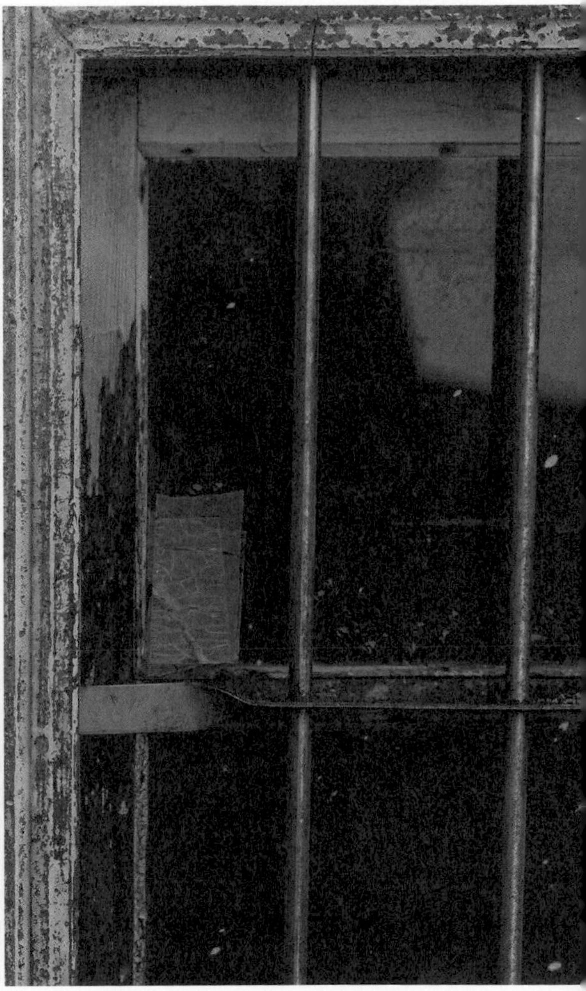

雨，在一扇古窗上說話，從古到今。

時間巷弄

沒遠遊，待在盆地又不想宅在家的日子，我還是喜歡四處晃晃，覓一個晴朗的時辰出發，暫別市中心的喧擾，在偌大天空與潔白雲朵的做伴下，找一個有故事具歷史感的地方看看。

不喜歡被干擾，我享受一個人的旅程。即便在城市，也希望玩得有深度。「如果我不在家，就是在咖啡館；如果我不在咖啡館，就是正在前往咖啡館的路上。」這是早期常聽到的一句經典廣告詞，我常戲謔把它改成：如果我不在家，就是在旅行；如果我不在旅行，就是正在前往旅行的路途。

相機、筆、地圖，幾樣簡單的裝備，我輕便上路。小心擦拭單眼的鏡頭，沒有相機的旅程，像沒眼睛的旅人，這是與朋友吃喝玩樂累積下來的心得，尤其在風景美麗的山城，感覺格外強烈。

在臺北最大的好處莫過於交通便利，從這地到那地，幾乎沒有捷運無法抵達之處。閒暇時，我會隨心所欲搭乘捷運，有時轉棕線換搭貓空纜車，或乘綠線去走碧潭吊橋。有時不小心下錯站也就順其自然。有一次就坐過站，到了捷運忠孝復興站，既來之則安之，乾脆直接轉乘客運上九份，當天來回，說走就走，無須準備過夜的行李。

在山城的小巷弄任意遊走，一條有著文創氛圍的街道，替商圈增添了藝術氣息，近年來，有著許多老房子的巷弄，陸續開落出異國風情與藝術氣息的店家，例如飄溢文青風的咖啡館。

我經過油毛氈屋頂、石頭屋，在仿古的門窗中，嗅著它迤邐的時尚感，在這裡，我像看到不同年代的寶島，歲月交疊著視覺，宛若領人走進了過往。

據說以前這條是礦車走的路，許多酒家做生意的地方，早期這裡曾綻放礦區的繁華。如今，商號、小酒館、食堂進駐，一種新活力注入礦山的表現；走到街道後段，映入眼簾的是結合文創的咖啡館，店內擺放旅遊、文學等類

難得空無一人的街道，我們相約在路的轉彎處，等待時間贈予的禮物。

通過住宅底下的巷子，有令人出乎意外的驚喜。

的書籍，再搭配幾幅礦山特色的畫作，成就了另類的生活美學。

九份的咖啡廳兼具書店的功能是我所期待的空間，咖啡是旅途中不可少的飲品，而書籍是精神食糧。每到一個地方，我最關心的是這裡有沒有讓人安頓身心的咖啡與書店，哪怕只有喝一杯咖啡跟翻幾頁書的時間也不打緊。

在人、咖啡與書的連結中，自書架上取下書，翻開書頁，陣陣書香迎面而來，那是令人備覺幸福的時光，彷彿擔心書香被無形的空氣偷走般，遇著好聞的紙張氣息，像愛吃糖果的小孩，我沿著書側用力吸進其氣味。

除了九份藝術館、野事草店，今年夏天甫營運不久，位於輕便路磅坑口附近的山巴咖啡廳，為我在頂過烈日，汗流浹背之後的中途休息站。

用老房子裝修而成的咖啡廳，每個空間各有特色又互相連接，無論何時，我都可以在其中與五〇年代的臺灣跟現代的中西文學打個照面。

揀一個座位，點一份下午茶，安靜享受午後的發呆，在九份的巷弄中，時間宛若靜止了的光影，透著舊日的溫柔婉約。

豎崎直行，與光影結伴漫遊。

穿屋走巷之後，髮白也是一種恩典和尊榮。

不經意就會碰上的小巷弄，早已變成九份不可欠缺的景致，而且還有光。

等待另一季繁華

記得成年後到九份，先從臺北搭火車到瑞芳車站，然後轉搭客運在九份老街的站牌下車，出現在眼前的是一片黑壓壓的人海，寸步難行的基山街，對我而言，那一條街沒半點老態，反而充斥商機，人群，錢潮，店家，那是二十多年前，九份已從黃金衰竭的落寞，重新走出自己的繁榮。

經常我會覺得九份像一幅畫，從採金輝煌到封礦後的蕭條，而後藉由影視等媒體再次替它打造新的樣貌。斑斕。黑白。彩色。每個階段有不同的表現。那麼，下一步山城的走向呢？每次思及這個問題，就會想起一次與在地藝術家，也是九份茶坊的創辦人洪志勝的深談。

第一次與這座山城相遇，他曾聽說早年九份有小上海、小香港之稱，但在自己面前，當時的九份，非但不是想像裡的熱鬧，而是滿山沉寂。許多殘破或門戶緊閉的房屋，更多的是人去樓空，眼下的景致加深了納悶，傳說裡繁華的九份，怎麼看起來像個荒涼的村落？由於當時跟著師長、同學上山畫畫，他沒機會與當地居民互動，解答心中的疑惑。

只是當年的九份沉寂、殘破，可能還略帶點滄桑，這些不但無損它的美麗，甚至是存留在他青春記憶中的一份感動。

臨山靠海，位處於瑞芳小鎮的礦區，走過產金的盛況，九份的光芒一度暗淡了下來，直到侯孝賢導演的電影《悲情城市》上映後，透過一幕幕的畫面，喧攘的街道、奢華的夜景，人們彷彿又重新回到淘金的年代。也差不多是在那時陣，臺灣的大家樂流行、房地產起飛，造成勞動意願的滑跌，工廠不容易請到願意認真做事的人，大家熱衷炒股票，薪水調漲，生活品質卻下降，許多業主只好轉往東南亞投資，而也有投資遭阻礙又回臺灣的人，他就

九份茶坊的創辦人洪志勝。

沉默的壁鐘，見證山城的每一次盛開。

是其中之一。

回到臺灣後，洪志勝結束先前經營的公司，因此獲得了短暫的空檔，陀螺般轉不停的生活忽然緩了下來。想重拾久違的畫筆，過去在商場打拚的漫長年日，迫使手中的畫筆不得不暫停；他懷念起當年的九份，那是學生時代的世外桃源，於是決定去九份展開一小段山居的日子。

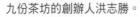

洪志勝再次造訪九份，感覺跟初次來的時候不大相同，一九八八年的山城，人變得更少，眼目所及多是老人與貓、狗，當初的疑惑又掠上心頭，這樣好的地方，為什麼年輕人不願意待？直到某次去雜貨店買涼飲，跟在地人閒聊才知道，早期這裡出產黃金的年代確實為九份帶來繁榮，很多生意都為了因應挖礦的人潮而起。停止採礦後，年輕人在山裡找不到合適的機會，只好去外地謀生。

鎮日在山城寫生是洪志勝在九份覺得最浪漫的事情。這樣的好時光經過半年左右，當年的事業夥伴找他重現商場，深受山城和繪畫魅力吸引的洪志勝婉拒

霧靄繚繞著基隆山，天地之間一切的愁煩，盡付笑談中。

友人的邀約。畢業後想實踐繪畫之夢。卻礙於現實而無法順意而行，回想以往每天忙碌十八個鐘頭的日子，他毫無眷戀；相反地，對於來九份生活，卻萬分珍惜。

悠閒和詩意並存的九份讓洪志勝想於此安身立命，在雜貨店老闆幫忙物色下，順利買到合意的住所，那是一戶屋外有石砌的圍牆，具濃厚城堡風情的房子，重點是門前有一棵很高的櫻花樹，春天綻放美麗的花朵令人陶醉不已。浪漫的言談間，流露著洪志勝對山城的迷戀，也激盪出更多的創作。

問及當年為何會動念在這個還沒什麼人潮的地方開設九份茶坊，畢竟那時的礦山還沒像後來紅透半邊天的九份。洪志勝說當決定住在這裡的時候，雖已具經濟基礎，可也不是非常有錢，他必須想好，如果真的要長期定居九份，自己能靠什麼謀生。正巧那時政府開始推展觀光，他發現人們對生活的定義在改變，變得希望有更多的休閒來提高生活品質，同時他觀察到開車上山的人比以前多。

於是，開店的想法就在洪志勝的心底繞啊繞。身旁的人認為九份是個偏遠的山區，極少有人會大老遠跑來這裡喝茶；但洪志勝相信內心的聲音，推估在此開店的可行性，甚至親自測試從臺北、基隆、瑞芳開車到九份的時間，證實它離市中心近，加上絕佳的山海景色，確實為度假的首選。他將主客群設定為有車，且喜歡駕車出遊之族群，讓這些人在店裡品茗。之後，洪志勝設計出簡單的問卷，強調以不破壞當地生態與景觀為前提，查訪九份若有喝茶、用餐的地方，遊客光顧的意願，結果獲得正面的回響，原來消費者早就期待這裡有家可以歇腳、吃喝的店。

當年九份的遊客，文化、藝術界的比率占了多數，這些熱愛山城之美也喜歡泡茶氛圍的人催生了洪志勝的夢想，九份的第一家茶坊——「九份茶坊」，在開幕的首日就爆滿，也成為山城的盛事。前三個月，茶坊只在假日營運，竟每週都座無虛席，甚至要預約，排上好長的隊才喝得到茶。三個月後就改成全年無休，每天的生意仍門庭若市。

有了穩定的經濟來源之後，洪志勝把全部的心力投注於繪畫。他笑說當時把茶坊交由幾名主要的幹部打理，叮嚀只要營業額能支付員工的薪資，也夠自己生活跟買繪畫顏料的錢，就無須找他；洪志勝半開玩笑地說，如果每天都在店裡看到他，那可能是經營有問題。縱然如此，仍將熟悉的沏茶、捏陶與繪畫結合茶坊的經營，除了茶葉與陶藝品外，也展出記錄當地風情變化的畫作或明信片，讓遊客在欣賞山城美景之餘也能收藏。

天外飛來一筆地與洪志勝聊到有關再次開礦的話題，他表示有形的礦脈埋藏在地底，如果恣意挖掘，勢必破壞生態環境；山城有美好的未來，如何使當地子弟不用外移，必須靠完善的在地養成計畫，也可以跟藝術大學工藝系合作栽培在地人，畢業後協助其在九份或金瓜石有謀生的空間，整個山城的生活環境便能提高。

一直以來，九份偏重觀光，洪志勝覺得多招攬文化、藝術等相關人才，藝文這塊無形的礦產自然會獲得豐厚。目前九份老街雖然夜市化，但在遊客吃喝玩樂的飲食外，礦山風情與歷史如果能更進一步地被認識，也是許多九份在地人的心願。

有時候，無聲無息也是生命的過程。

輯二

紅紅燈籠高高掛

高懸的紅色燈籠，呢喃著古往今來的人事，讓山城的風光不斷地延伸。

春天隨著春風來

我在以前的舊道口落車，爬一小段上坡路，走進老街，兩旁的小吃店坐無虛席，就連想多看一眼商家販售的文創藝品也心有餘而力不足，索性直接擠過駢肩雜遝的人潮往目的地直行，辛苦地穿越群眾之後，終於抵達睽違的九份茶坊。

坐落於基山街，門外垂掛著手寫「茶陶畫」布簾幕的九份茶坊，是我常推薦朋友來品茗的地方。它的建築物迄今已有百年光陰，前身為翁山英故居（屋簷下的植栽旁立有一面小解說牌），也是新北市第六處歷史建築。一九九一年聖誕節開幕的首家九份山城茶樓，從質樸的外觀到懷舊的內裡都散發出往昔的滄美，辰光在這裡則呈現惜情的溫柔，宛若靜止了一般，無論揀室內或戶外的觀景座位，皆讓人感覺彷彿搭乘時間列車，一路悠閒地搖搖晃晃回到古早陳年。

輕輕地掀起布幕走進店內，映入眼簾的是每桌擺置的燒水壺都使用炭火燒水，清淡的茶香被包裹在氤氳上升的熱壺中，這無疑是茶坊的一大特色，也愈發襯托出這幢百年古厝的味道。

右邊牆上那個始終停格在十點十二分左右的長條圓形壁鐘，是有關九份茶坊創辦人洪志勝父親的故事，存留著舊年餘溫。每天，他的父親會替傳統機械式時鐘上緊一次發條。有一次，洪志勝出遠門，時鐘突然壞掉，父親試圖動手修好它，但時鐘的構造精密，並非想像中那般容易修，若不是經驗豐富的老師傅絕對無法修好；可是天真的父親不放棄，找來螺絲起子，當打開時鐘的螺絲，裡面所有的零件炸開地彈跳出來，怎麼也無法將它們歸位，他只得把零件一股腦兒塞進去，再鎖回螺絲。後來，洪志勝乾脆把時間調整為十點十二分，讓代表微笑和勝利的V字型祝福每一位來到這裡的朋友，也想說日後如果出現有辦法修好時鐘的人就送修，但經過二十餘載都沒遇到能修復時鐘的師傅，因此，就讓它繼續微笑。

記得第一次來時，我還擔心壺內的水燒光，不止一次掀蓋留意，後來才發現自己杞人憂天，因為專業的服務人員都會適時來加水，我根本無須掛心，儘管享受這裡的好茶即可。不曉得為什麼每次來這裡喝茶，總讓我不經意地思及作家舒國治在《流浪集》裡寫到的，「一個手姿綽約的不夜城，必須要有一些金黃色質地的某種東西，才能助其散發溫暖渾醉的永恆光芒。」不管其他城市，但我以為在九份，茶道是不可或缺的，而九份茶坊似乎就恰到好處地把這樣的文化發展得淋漓盡致。

沿著質樸的木製階梯步至地下一樓，發現這裡的空間如同一個以茶具為主題的袖珍型博物館，展示許多的古董等老物件，是那種會讓人思想起清末民初的氛圍。然而，如果要完全歸功給百年古厝的魅力，那麼對於用心經營的九份茶坊實在有缺公平，除了中式古樸的老建築吸引來自國內外的遊客到此喝茶，這裡的茶道文化本身就具備了獨特的舒適和靜謐，這也是讓旅人不斷回流的原因，尤其是日本、韓國的觀光人數居多，在店內不

煮著熱水的茶壺，跟隨時間燒滾了山城。

靜止的老鐘，任憑時間在流動中，繼續微笑著。

難看見店員用流利的外語跟他們互動的場景。

這山城的領頭羊，後面陸續帶起九份興盛的茶館風潮。既說起九份茶坊，就不能略過九份茶坊創辦人洪志勝把在地老屋打造成獨特空間樓中樓的設計，連我這個常年在臺北生活的人走在裡邊，皆感覺像回到故鄉金瓜石穿街走巷的熟悉。

我想像一九七八年，彼時還是學生的洪志勝跟隨美術老師搭客運一路顛簸上九份寫生。看著半山腰許多的空屋，清一色地居住著老人與小孩，他感到納悶不已，像誤闖了另一個時空。

隨著上九份的次數增多，他逐漸了解九份由發現金礦而興盛，到封坑而沒落的歷程。年華似水流，聽見在地人聊及翁山英故居，吸引人的並非單只被列為歷史建物的本身，而是故居主人的處世態度。

日治時代，翁山英任職臺陽金礦的礦長，悲憫、公正的性格頗獲礦工們的心，聽說假使有人盜金被逮，他會先視偷者竊金的原因進行處置，若是家裡有急需，他就口頭警誡下次不許再犯；反之，如果是偷拿金子準備去吃喝嫖賭，則逃不過嚴厲的刑罰。當時大部分的礦工都是離鄉背井來九份採金，逢年過節礦工回家期間，金礦的產量便受影響，於是他建議礦工將家眷遷至九份定居，也協助他們把臨時搭建的草寮改為石頭屋讓其安居。因著恩威並施的聲名，當年開採的金礦皆無須另派礦警押送，全為他獨自護送交差完成。

礦坑封閉後，翁山英故居由一位他的遠房親戚，黃姓內科醫師買下，聽說基山街的黃內科與豎崎路的彭園外科在當年是在地人缺一不可的診所。後來，診所結束後便賣給一位藍姓人家，而最後這棟極富歷史價值的建築物則轉賣到洪志勝手上，作為自己的畫室，他不僅補強舊建築結構，且將美學融進茶坊的建築，室內可見當地木頭與石頭的陳設，整個空間充滿古樸的文藝氣息。

起初，用翁山英故居經營茶坊非洪志勝的計畫，喜歡品茶的他只是在朋友來時請喝茶，那陣子正是臺北茶藝館如雨後春筍般林立之際，這時，成立茶坊的想法才於焉開啟。從透過問卷調查，訪問遊客對假若九份有一個能喝茶的歇腳處，是否願意光顧的意見，到整修翁山英的舊房子，保留福州杉木，以油毛氈替代傳統閩南式薄黑瓦屋頂。前後八個月左右，九份茶坊落成，見證前二十年以臺灣遊客為主，後來十年國際觀光客大量湧進的風光時期。

象神颱風是九份的一次轉捩點，當時洪志勝與妻子跟記者在大溪採訪，趕回九份時，道路中斷，滿目瘡痍，同行的記者住了幾天，與在地人閒聊，寫了許多九份的故事，每週固定在日本報紙發表一篇九份的專題，之後九份開

在古色古香的氛圍下，窺見所謂的人間煙火。

始湧入大批日本媒體，ＮＨＫ甚至專程來這裡報導九份藝術家，日本旅行團指定請導遊帶他們到九份茶坊。此後，日本觀光客愈發增添，九份山城的名聲也天南地北炸開來。

九份茶坊是傳統的茶館，加上歷史性的建築物，更顯出古色古香的氛圍，讓人客在休憩時能獨自享受美好的品茗時光；依個人嗜好點選喜歡的茶葉，再由服務人員做第一次茶葉沖泡示範與解說，讓客人體會茶的學問。

地遇見微雨過後的清新，走在沒什麼人潮的豎崎路，悠閒地欣賞山城的古意。

如果想對茶藝文化有更深入的體驗，也可主動與茶坊聯繫，店家也會提供茶席，由專業茶師帶領客人進一步了解茶文化。

許多人享受過美好的品茗時光，欲罷不能，除了在茶坊喝茶，也不忘買送人自用兩相宜的茶葉、茶具等伴手禮回家，完成一場茶之旅。

我看著炭火上，壺嘴不停地冒著白煙，造型別致的燒水壺，請教洪志勝燒水壺的由來，他說這只燒水壺是自己的作品，有一年中秋節，朋友送來一顆大白柚，他捨不得吃，不禁用鉛筆描繪起它的形狀，加了把手就變成眼前燒水的白柚壺。

九份茶坊的茶具設計，以安全、實用與美觀為原則，搭配十字鎬、黃金、救命燈的礦山元素，研發出易泡組、止滑壺等茶具，有些甚至結合山城多雨的氣候特色，杯身繪有基隆山、落雨的圖案，極具巧思。

關於九份的走紅，有人說是由於電影與廣告的宣傳，也有人說是山海美景所致。不管如何，它終究已經風光過一萬多個日子，如果媒體的推波助瀾是春天，那麼，九份茶坊就是那陣適時的春風，吹進了山城。

古舊的事物，教人懷念那些老去的年代。

光與影的交織，留痕，譜成了美好的音符。

茶旅

雖是微雨的早上，山城仍透露出和煦的晨光，我喜歡在這樣可遇不可求的天氣到山上來，因並非每次都能恩典地遇見微雨過後的清新，走在沒什麼人潮的豎崎路，悠閒地欣賞山城的古意。

這陣子由於疫情的關係，全臺灣進入一個不得不暫時休養生息的狀態，包括遠近馳名的九份觀光勝地。朋友說九份是因禍得福，換得了難有的安靜，我同意這樣的說法，這份安靜讓我能不擁擠且輕鬆地走過基山街，右拐豎崎路，來到還沒中午就營業的阿妹茶樓。

也是這份安靜，讓我有機會從茶樓的老屋主，也是當地耆老許俊侶的口中去認識在觀光指南外的阿妹茶樓。提到茶樓的名字，育有四女一男的許俊侶說古早時陣，老人家多半重男輕女，當年自己已經有兩個女兒，長輩一看出生的第三個嬰兒又是女孩，難免露出無奈的語氣感嘆怎麼又生女嬰，於是他就替女兒取了「阿妹」的小名，意指「妹」是最小的女生，希望下一胎就能生男孩。

阿妹茶樓本棟，前身是許俊侶父親打理的福興鐵工廠，除了有些挖礦的器具會在礦坑附近的打鐵鋪訂製外，早期的福興鐵工廠普遍包辦九份全部的鐵器。許俊侶跟著父親從學徒做起，他回想當年五、六臺機器共用一臺大馬達的光景，八點至十二點忙完一輪，中午吃飯、休息一小時後，下午一點大夥又開始打拚到五點。八小時制的作息，培養出紀律又有效率的敬業精神，這樣的態度自然也延續到阿妹茶樓的經營。

彼時臺灣的股票正夯，投資股票的三五朋友下工後，相招一塊找地方討論隔天的股市行情，研究可買與不可買的股票。當年九份有名的是酒家、撞球間與麵店，皆不是合適久坐聊天的地方，直到阿妹茶樓開幕，營業至晚上的茶樓成了這群投資客泡茶閒談的所在，邊聊天邊看夜景，安靜地喝茶沉澱混沌的思緒。

遠近馳名的阿妹茶樓，無論晴雨，總吸引遊客來此品茗。

從戶外渾然天成的山海風光與古色古香的建築，到店裡的竹桌椅、懸掛的竹燈籠，成為茶樓的招牌特色，陸續吸引各國的觀光客，知名度也大幅度地展開，尤其是日本人可以說是阿妹茶樓的主要客源，不僅對茶樓的格局露出欽羨的眼光，店內的設計也深獲他們的青睞。

不管是店裡的阿里山、杉林溪茶葉，或店家推薦，喝盡口中回甘的高山茶，嘗過綠豆糕、茶梅、黑糖麻糬等茶點，窗前的景致也使人客傾心。

春雲。夏海。秋芒。冬霧。九份彷彿風情萬種的女人，每個季節所呈現的韻味千變萬化。由老屋主口中得知，以前讀小學校，常與日本小孩相處，時日一久逐漸了解日本人守信用與喜歡被尊重的脾性，這兩項特點也變成待客之道，日本人喜歡九份的美麗，夏天的漁火、遼闊的海景，加上阿妹茶樓向西的地理位置，在日落之際，黃昏的景色盡收眼底，令他們留連忘返。

二十年前來臺灣遊玩的日本人泰半有些閒錢，每逢日本客人光顧時，店內的每張茶桌上，都能看見一面日本小國旗，這是許俊侶特別為日本客人準備的小禮物，表示對他們的歡迎，自己並以日語跟他們交談，此舉也令日本人十分感動，同時覺得賓至如歸，這也是光復後，他們依舊會來臺灣，看這個曾被日本治理過之地現今樣貌的原因。

一樓外面，墨綠色木牆張貼的幾張大紅色紙，上面寫著不同的俗語，「人著愛早早磨，毋通慢慢仔拖」、「家己栽一欉，卡贏看別人」等，像回到老歲人坐在廳堂勸勉後代子孫的古早時代。除此，還有一幅醒目的風景，那是店家懸掛的面具，這是茶樓的創辦人阿妹在一位德國人家裡收集來的，她喜歡在世界各國收集被日本人稱為「能具」的原始面具，每張面孔都代表不同的身分、地位，是一種很特別的裝飾。

阿妹茶樓由內而外皆為阿妹親自設計，整個建築充滿日式味道。日本人不只從中看到值得自己參訪，甚至推薦的熟悉文化，臺灣人的古意、熱忱，與豐富的寶島之旅，皆給日本人留下良好印象，也深獲他們青睞，因此，即使已經不只一次到九份，只要到臺灣，許多日本人仍會再回訪九份。

看著茶樓裡外的木造建築，雖然每五、六年左右就必須維修一次；但店家仍不嫌麻煩，堅持保留這份古早的溫度，我替山城高興，畢竟阿妹茶樓是遊客來九份必訪的重要景點，而這裡又充滿著鮮為人知的當地歷史。

我專注地望向附近的油毛氈建築，現在能聞見油毛氈屋頂的氣味與樣貌是一件幸福的事。多年來，阿妹茶樓堅持保留局部的傳統式屋簷，讓九份文化得以延續，起碼讓來九份的遊客有機會曉得，原來早年九份建築是這樣的風情。

攤開用竹片製作的菜單，想再點一壺有臺灣味道的茶，竹片上寫滿琳琅滿目的品項，例如：「望春風」、「思慕的人」、「青春夢」、「雨夜花」等，讓我難以取捨。最終是點了一壺陳年普洱跟手作的茶葉茶餅，襯著戶外的雨聲，度過在九份難得遇見的安靜片刻。

阿妹茶樓的老屋主許俊倡，深知九份的今昔。

用竹片做成的菜單。

啖食

我不敢說九份是唯一的美食天堂，畢竟臺灣令人垂涎再三的料理之處實在太多；但九份一定能被歸類為偏愛古早味與念舊，以及喜歡手工與古法製作小吃之人不能不去的地方。

九份老街基山街是當地的美食據點，香甜鹹辣冷熱各種口味皆有，經常三兩家吃下來已感到飽足。擅品美味的朋友笑著說，我說的這種吃法是典型的用餐，不是嘗鮮；我留意他到每家店點上桌的食物大都只吃一半的量，沒湯湯水水的則請店家打包外帶。難怪一整條街吃下來還有胃口，意猶未盡。

我對飲食沒有什麼特別高的標準，倒是喜歡親民的市井小吃，九份老街正好符合了我的需求，我不愛嘈雜的環境，可是啖小吃若沒有人聲鼎沸好像就沒了小吃的味道，也只得將就一下了。

記得有一次要來九份玩的朋友請我推薦老街的美食，我認真想了想就說，老街沒有什麼特別的美食哦。對方聽了一臉不可思議地「呃」了一聲，我趕緊補充說明，因為在那裡眼睛所看見的都是美食啊。

至於我個人如果有去九份，比較常吃的大概就是魚羹、魚丸湯、芋圓、油蔥粿與草仔粿等國民美食了。

位於舊道車站旁，基山街九、十一號，走過一甲子的阿婆魚羹魚丸，也是老字號的傳統切仔麵店，牆上高懸著「川流不息」的匾額，廚房有一座舊式磚砌的老灶，二樓有一組紀念性的舊昔木桌椅，是麵店早期的特色；隨著時代的進步，也為了整潔與人客的使用，已改為現代的桌椅。不變的是店裡至今仍保留不加味精的堅持，從魚丸的製作與調味，甚至拌麵的油蔥醬料，都承襲著當年的老滋味。

店家推薦綜合魚丸湯麵與涼拌鯛魚皮，自製的油麵、阿婆魚羹湯與綜合魚丸湯是店內的招牌菜，值得一嘗。客人最喜歡的主食是乾麵配綜合魚丸湯，而油豆腐、鯊魚煙、涼拌鯛魚皮等則是最受歡迎的小菜。看著菜單上乾拌麵、客家乾粄條、阿婆魚羹湯、綜合魚丸湯等菜色，我猶豫著該吃哪一樣，之後還是決定來碗招牌的阿婆魚羹湯配乾拌麵。餐點上桌，我發現盛湯的碗內竟有著山與涼亭等應當地景色的圖案，是刻意挑選也好，是無心插柳也罷，都讓我吃得更津津有味。

由於店裡無用餐時間的限制，萬一你是趕行程而又想品嘗古早味的遊客，也可以外帶至附近的觀海亭邊看美景邊享用。

如果想重溫孩童的課堂時光，基山街十七號的魚丸伯仔，店內有幾張早年小學的課桌椅、長板凳，古舊外觀訴說著過往的歷史，點一份招牌魚丸湯加乾冬粉，坐在老課桌椅上，不僅吃美味，也緬懷學生時代。

往前走到基山街四十五號，這裡是由退休礦工於一九五八年利用自宅經營的九份老麵店，至今傳承到第三代，是我早期來九份時吃的第一家牛肉麵店，店面與食物都有傳統的古早味。

招牌牛肉麵上桌，好聞的味道撲鼻而來，那以辛香料搭配獨門中藥材配方，再加上晒乾橘子皮與葡萄柚

阿婆魚羹的綜合魚丸。

煮一碗麵的古早味，溫暖人客的腸胃。

熬成的甘甜湯頭，味道依舊。麵攤前，穿著印有「礦工精神／在地原味」標語T恤的老闆正專注地煮麵，店員送上辣椒油與辣牛油讓我提味，吸了湯汁的陽春麵條，口感Q軟，麵香四溢。

趁午後的忙碌空檔，老闆招待了一盤客家小炒，請我慢用。他笑說以前外國的觀光客多的時候，點一碗牛肉麵搭配牛肚、牛腱，就吃得很滿足。這陣子比較少觀光客，臺灣的遊客喜歡口味清淡的餛飩麵與排骨麵，他自己則推薦牛肉麵、黃瓜與臺式泡菜的組合。

一逢假日，位在基山街九十號的阿蘭草仔粿，就排著好長的隊伍，前場熱情叫賣，後場忙著製作草仔粿，由經營者許智翔的口中得知這是一家祖傳在地老店，從他的阿公、父親，再到他自己，已是第三代。據聞，早於九份還採礦時，店主已在老街開了賣油條的店，後來礦業蕭條，店鋪也無法繼續經營。

等到電影《悲情城市》、咖啡廣告的上映，才帶動當地的觀光潮，許智翔從父親傳承了做草仔粿的技藝，再度賣起逢年過節會做的草仔粿與芋粿巧，手工製作的草仔粿有鹹綠豆、菜脯米、甜紅豆、鹹菜四種口味。堅持手工製作，延續古早味，

甜紅豆口味的草仔粿，讓人吃了有好心情。

一枚鹹綠豆口味的草仔粿，夏天解暑的好滋味。

且不隔夜販售。

每天必須先將舊糯米浸泡兩三個鐘頭，接著篩洗、磨漿、脫水、攪拌，加入鼠麴草、砂糖，製成柔軟又Q彈的外皮，因此，草仔粿的外皮吃起來略帶甜味。紅豆、綠豆口味的內餡是自己做的，炒過的鹹菜加辣椒提味的獨家配料，混薑泥的鹹綠豆，每一款口味的餡料紮實、食材新鮮。

店家推薦的菜脯米口味跟芋粿巧，剛好也受到一般人的喜歡，而甜紅豆口味是觀光客的首選，飽滿香Q，餡泥中可以吃到整顆紅豆，甜卻不膩，是一大特色。另外，一口咬開以大甲芋頭製作的芋粿巧，半月形的芋粿巧，搭配蝦米、蔥頭調味，從外觀就能看見一塊塊的芋頭形狀。

鹹與甜口味皆有的草仔粿內餡，在掰開的瞬間，陳年況味撲鼻而來，那是我最享受的時刻。

早期，基山街一一一號，郵局前油蔥粿的店家對面本來是九份老街唯一的郵局，可是後來郵局搬遷，店家的招牌依舊延續著「郵局前油蔥粿」，不僅記念九份最早郵局的蹤跡，也見證山城的韶光荏苒。

餐桌上有著油蔥粿的製作簡介，「油蔥粿，首先用在來米

富鹹冰品般口感的油蔥粿。

磨成的米漿，先鋪一層在蒸籠待熟出一層薄膜，再塗一層爆蔥過的油，不斷反覆的動作照看，需要四到五個小時，才能蒸出一籠的油蔥粿，並再放置一天待涼，從側面看未切片的油蔥粿，是一層又疊一層。」

再來是它的吃法，切成片狀的油蔥粿，淋上老闆娘特製的醬汁，冰冰涼涼的口感，像吃鹹冰品般。有位美食家曾說這樣的美食即使拉至一級的臺北戰區，也能脫穎而出。

再往前走到一四三號，由賴罔創辦的賴阿婆芋圓，在當年九份尚無統一超商前，那時也還沒什麼民宿可以入住，賴阿婆為了方便旅客，還曾提供假日全天不打烊的服務，讓客人有歇腳的地方。賴阿婆芋圓早期以芋頭與地瓜口味為主，後來多了綠茶、芝麻等選擇。無論熱的芋圓湯或芋圓冰，都會加進綠豆跟大豆等配料。如果覺得吃得對味，店家也有提供生的芋圓供客人外帶回家煮食。

另外一家雖不是位於熱鬧的老街上，遊客們卻願意多走一段路，拾級而上，來光顧這家當地的芋圓創始店，阿柑姨芋圓店原本是一家小雜貨店，主要營業對象是欽賢國中學生，除了芋圓也兼賣水餃、包子，烏梅與草莓口味的冰品，還有抽糖果。現在遊客所看到的點餐區，是當年的廚房，店家運用自家的庭院種植花草，讓顧客在絲瓜棚底下吃芋圓。

因金礦而繁華的九份，跟著一九七一年臺陽公司結束營業，人口外移，店家生意明顯受到影響，直到電影來此取景，九份又湧入了大批人潮，後來陸續有休閒雜誌推薦，使得這項賣給在地人的點心，意外地隨九份的二度繁榮變得遠近馳名。

阿柑姨芋圓選用來自臺中的大甲芋頭，地瓜圓則選用金山地瓜，每天現削現煮，早上八點，店家開始前置作業，先削除芋頭的外皮，再快手把芋頭切成一小塊一小塊的形狀，放到木桶裡蒸煮，放入太白粉，聽說這樣能維持它的鬆軟綿密。之後同時將芋圓、地瓜圓倒入滾沸的水中，均勻地輕拌，等它們浮出水面，再快速撈起，加入砂糖與配料，綜合芋圓就繽紛登場。

無論你點的是招牌綜合芋圓冰，或芋圓桂圓湯，還是剉冰系列，皆吃得到無加色素且口感紮實的味蕾享受。老闆貼心地推薦熱飲香、冰品Q，共同特色是甜而不膩。結完帳，小心地端著手上的甜品，穿過店內長長的走廊，裡邊別有洞天，天氣晴朗時，清楚映入眼簾的是深澳漁港、望海巷、八斗子、基隆港等景點。

找一扇觀景窗，讓山巒與海洋作陪，心境變得明朗。除了室內觀景窗，我也喜歡坐在店外古意的石階上看人群往來，分享山城美景，入口一嚼Q感十足的芋圓，搭配店家特製的甜湯，吃在嘴裡滿滿甜蜜，是幸福的古早滋味。

看過當地的興衰，這座黃金小礦城，山跟海壯闊依舊，萬種風情，人們身在其中，所到處盡是美景，入口飲食皆是美味，在這裡啖食，笑說過往，好不寫意。

等待下鍋的芋圓，讓人垂涎。

芋圓的製作過程。

輕傾聽

走近九份老街沒多久，前面就傳來悅耳的旋律，仔細聽，是吹奏陶笛的聲音，曲風從明快至緩慢皆有，由遠而近，讓人不經意朝聲源尋音而至，佇足聆聽。

找到是誠陶笛，這裡是陳金續的陶笛店，每次只要來到店門口，即可看見老闆專注地演奏被外國人稱為ocarina的陶笛。喜歡吹笛子的他，修改了一些指法，一個音一個音地嘗試，用陶土研發成屬於臺灣的六孔陶笛，顧名思義，正面的基礎是六孔，一個孔對一個音，學習簡單，就算不諳音譜的人，也能嘗試吹奏陶笛，除了六孔陶笛，店內也有販售不同音階的陶笛。

問及最初會來九份開店的原因，陳金續回憶道，靠近基隆嶼的九份，風景迷人，本身具有強烈的採金等歷史身世色彩，九份除了基山街，最美的是它小小的巷弄。

一九九五年前後，整座山城都是人，非常繁榮，當年知道陶笛的人不多，他便選定在此地推廣陶笛，九份的是誠陶笛為全臺灣第一家陶笛店，並把一個廢墟設計成一個山洞意象的陶笛展覽館，讓遊客盡情賞玩。

以前的九份陶笛沒有知名度，但現在星馬、日本等國外客會專程來九份買陶笛，陳金續表示或許是政府推展觀光，置入陶笛行銷九份所致，來九份一方面是人多，另一方面符合當時心境，那年碰上人生的低谷，重新振作之後，想找個地方再出發，於是來到九份演奏自己擅長的陶笛，沒想到這個樂器的聲音好適合九份，當他一吹奏陶笛，笛聲便迴盪在整個山谷中。彼時只是擺個小攤位，不知不覺就陸續吸引了許多人客，經營至今三十年左右，在演奏之餘，他也教客人吹奏。

講到九份之美，陳金續形容當地居民長期在九份養成純樸的性情，與來自四面八方的採礦人和平共存。雖然做生意的重點在基山街，但這裡很多的巷道、民房，有各自的景觀與故事。尤其是只要有陽光，海景會非常清澈，晚上還有點日本函館的味道，夜裡，基隆和平島一帶盡是燈光，遊客來此喝茶賞景十分風雅。假使能在非假日的空閒時間來九份，找個地方坐一整天欣賞風景，也會有不一樣的心情體會。

我發現陶笛上有以隸書設計的「是誠」商標，對這兩個字有著莫名好奇。陳金續解釋說，「是」為族譜的輩分，「誠」則因他重視「信實」，他覺得做人在努力、誠實之外，還必須誠懇待人，除自我勉勵，同時更希望下一代能以誠處世，這也是店名的由來。

價位中等，學習容易，音準度高，造型多樣，而且每只笛子，都附有陶笛指法說明與教學本，這些皆為是誠陶笛的特色。現在無論外國客或臺灣人會想到九份買陶笛大多是一種紀念。陳金續說自製的陶笛在樣式上可以多變，讓孩童也感興趣，從小就接受音樂的薰陶是一件十分幸福的事。

是誠陶笛的經營理念是用親民的價位拓展知名度，客人來店裡不管有無買陶笛，都能在現場免費聽陶笛吹奏的音樂，還有老闆真誠的微笑。陳金續說也許有些店家會因客人喜歡就調漲價

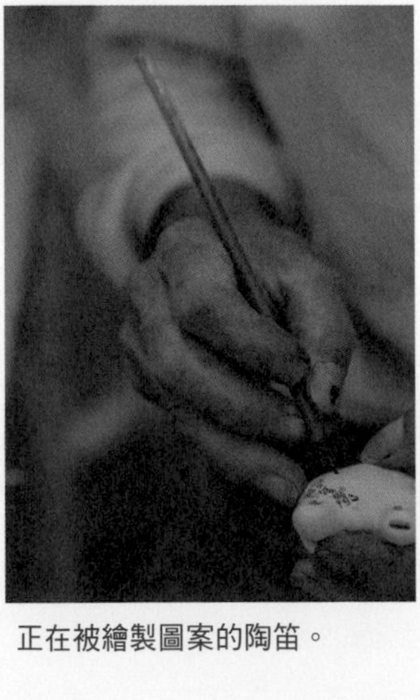

正在被繪製圖案的陶笛。

格，但這不是他的方式。

年輕時從事陶瓷業的陳金續分享，是誠陶笛的價位是根據耗材來決定，而不以造型訂價錢。他舉例說，一個窯能燒一百個與三百個的陶笛，大尺寸當然價位高，另外，音階也是決定價格的關鍵，十個音階與十二個以上音階的價位有所不同，音階數多的吹奏難度高也比較貴。

如果有機會，陳金續也希望能出版一張屬於九份的陶笛音樂。經常，是誠陶笛店會擠滿觀光客，店家也慷慨地滿足客人，日本人動容於臺灣〈望春風〉，也喜歡聽日本歌，韓國人則鍾意自己國家的歌曲，只是出來旅行還是希望能聽到一些當地的音樂，而〈雨夜花〉，英文版〈快樂頌〉、〈平安夜〉，也獲得觀光客的青睞。

目前陶笛上的圖案是用彩繪呈現，九份的歷史大多與礦有關，但這樣的陶笛造型，並非陳金續的計畫，他說陶笛本身能吹奏，無須硬將它與礦做連接，陶笛的聲音本身已和山城產生關聯。倒是將來可能嘗試做些跟九份景致有關的浮雕在陶笛上。

陶笛與一般的制式樂器大同小異，大的笛子聲音低，小的笛子聲音高；樂器也是大的聲音低，小的聲音高，挑一只握感順手的陶笛，選一首自己最有感覺、充滿回憶的歌，照著說明書練習大都能學會。

陳金續建議陶笛初學者無須太有壓力，把它當成無心插柳的心情，反覆多練習，自然熟能生巧，畢竟每個吹陶笛者吹奏的感覺都不同。

在是誠陶笛的斜對角是九份木屐手創館，走過二十幾年的歲月，木屐也改良得符合現代人的需求。

店內有古早樣式與現代風格的手作木屐，讓客人穿起來舒適沒有負擔，而且看上去腳也筆直，「腳直人就正直」，是店家的堅持，做木屐有眉角，不是內行人還真看不出來個中道理，這裡的木屐材質多半是桐木，越穿木頭越光亮，店裡也有深受養生族群喜歡的「塑身鞋」。

和許多人一樣，我一直以為木屐是日本的文化，查過文獻才曉得，原來中國在隋唐之前就有木屐，到了唐朝才在日本流傳。

喀喀喀的聲音是我對木屐的第一印象，出現在童年的記憶中。彼時，科仔伯總穿著日式的柴屐來找阿公，經常人未到，不遠處就已傳來喀喀喀，柴屐敲打路面的響聲。

因此，在九份偶然發現木屐手創館，彷彿他鄉遇舊識，站在門口看店家為一家人量身訂做木屐，專業的態度、效率，俐落的手工，讓對木屐有著難以言喻情感的我也現場訂做了一雙桐木材質的木屐。

標榜木屐手工、客製化、符合人體工學特色的手創館，老闆就算對自己設計的品牌有信心，而面臨原物料短缺，來不及量身訂製，遊客就得趕搭遊覽車的窘境感到有點無奈，即使這樣，但她仍樂觀秉持做一雙是一雙的精神，建議顧客挑選合適的鞋面與鞋型，帶雙專屬自己的木屐回家。

一只陶笛牽引我們從現在的九份，聽見早年山城人來人往穿著木屐，踩過石階時喀喀喀的聲音，像走過舊昔的歲月，邁向新世代的旅程。

符合人體工學的手作木屐。

木屐，陪伴人一步一腳印走過石階路。

九重町

從 7-ELEVEN 沿著九份老街走進去，大概兩分鐘左右，你會遇到第一個轉角，坐落於基山街二十九號的九重町客棧，它也是當年老街僅有的一家，鬧中取靜的咖啡廳。門口對聯題著「當年淘金夢已遠／今日九份客到來」，櫥窗裡展示著偉士牌摩托車、留聲機等老物件，走進店內，玄關處有一扇紅色的屏風，仔細一瞧，上面雕刻的是九份的地圖，上海風味的經典旋律繚繞在耳邊，宛若將我們帶回了七〇年代。

九重町客棧為土生土長的九份人吳志明在一九九六年所創立，其子吳子耀於二〇一七年四月進行大規模的整修，同時把店家的定位從茶樓調整為咖啡廳，這是九重町的另一個里程碑。當時老街沒有一家咖啡廳足以提供給客人專業的咖啡，吳子耀挑選義大利一九三三年創立，在全世界設有很多咖啡大學的 illy 品牌咖啡豆，進而推廣咖啡文化，他是臺灣咖啡大學第一屆的學生，店內也可以看見他榮獲考試評比第一名的獎牌。

談及九重町客棧的起源，吳子耀說以前的人在九份生活非常艱困，祖父是礦工，育有八名孩子，一家十口住在租來的小工寮。父親十六歲離鄉背井到外地創業，有時被問到，「你家住九份哪裡？」年復一年，他聽了很心酸，覺得自己沒有家，三十歲那年，父親想在九份有自己的家，因此決定回來打造一個屬於自己的房子。

九重町客棧的建築前身是煤炭行，吳志明把它敲掉重建。一九九六年，九重町客棧落成，樓下做餐廳，樓上為民宿，保留自用的客房，也定期為房子進行整理。

由於開採金礦，讓早期九份達到繁榮的盛況，也隨礦業停採而沒落，後因電影與觀光重現生機，這也是民宿為何取名為「九重町」的由來。「町」是街道，九重町象徵著九份重新開始的街道。吳子耀說以前九份有所謂的紅線區，劃紅線的地方禁止採黃金，而九重町正好就位在紅線區，客人坐在這裡喝咖啡等於坐在黃金上喝咖啡，夜晚

喻表對九份基山街重新開始的祝福。

復古的櫥窗擺設，宛若舊年重現。

住宿於此也形同睡在金礦上，這樣融合在地文化的巧妙連結也是民宿的一種特色。

從二〇一五年起，不定期在晚間七點半至八點左右，九重町有安排月琴表演，內容包括透過臺灣念歌來講述九份地名的由來、歷史發展等故事、月琴的演奏曲目則有〈悲情城市〉、〈基隆山之戀〉等歌單。音樂節目之後，若住客有進一步認識九份的需求，民宿也會請在地達人為遊客進行夜間導覽，介紹九份的人文等風情。

環顧室內，除了牆上懸掛的〈阿西失戀記〉臺語歌曲的黑膠唱片、吉他，架上的打字機，還有黃梅調、木匠兄妹合唱團等，這些復古擺設和音樂都充滿早期淘金與店家的年代記憶，也不辜負昔日小上海、小香港之稱。空調出風口的木頭，藉由別出心裁的摩斯密碼設計，傾訴著「四月雨帶來五月花。」意即飲水思源，說明為什麼一個外出打拚的九份人，有一天還是選擇回到故鄉來蓋九重町，回饋地方的心意。

目前九重町客棧光顧的遊客來自世界各地，店裡餐點以臺灣的古早味為主軸，突顯九份在地文化，期盼藉此讓他們認識臺灣餐飲。吳子耀說油蔥酥、蝦米炒製的竹筒飯是阿嬤的拿手料理，採用壽司米製作，吃起來比較清爽，而礦工阿嬤的食譜豬油麵線也是經典在地的臺灣味。

吃完Q彈，加了油蔥卻不油膩的古早味豬油麵線，再搭配檸檬紅茶是一大享受，尤其在九重町吃這款麵線，會令人忍不住懷念起經濟未起飛時的臺灣，一切是那樣的古意、質樸。

在夜間導覽外，吳子耀也透露，如果可能，未來將拓展一日礦工體驗、礦工餐、礦工考核、礦工認證等延伸性的服務，讓房客有更多在地體驗去與當地文化連結。晚上在店裡播放老電影。當然也希望能和金瓜石、水湳洞連結，帶動整個大山城的發展。

夜宿擁有呇里島風情的山海景致雙人套房，可以看見獨立的陽臺，從陽臺走出去之後，迎面而來就是美麗的海景，這個位置也是欣賞夕陽的好方向，晚上會看見萬家燈火的夜景。

我請教吳子耀添加了金箔黃金咖啡創意的由來，他微笑說九份是黃金的故鄉，以前挖黃金，現在喝的咖啡像黑金，而不管是哪一種金，兩者皆屬於文化的金礦，有福的人才會得到黃金，希望客人喝了黃金咖啡，能一併帶走九份的福氣與財氣。

攪拌著杯中的咖啡，遙想遠逝的採礦歲月，音響流洩出〈夜上海〉，這是一座不夜的山城，無論以前日子多麼艱苦，它仍屹立著。杯中的咖啡已見底，而那段燦爛的流金年華卻還浮現在我的眼前。

大紅色的屏風上繪製的是九份地圖。

山城遊藝

春暖花開的人間四月天，我來到九份藝術館，這裡是我在熙來攘往的人群裡，無意間發現的一處可以尋寶的地方，能挖掘山城的文化，能聆聽內心的柔軟，以及找著喧鬧中的一隅安靜。

自樂伯二手書店停止營業後，在九份這座繁華若市的礦山，我就沒再看過讓書籍、畫作等棲息的地方，或許換另外一個角度想，人文或藝術不出現在這個美食遊樂園中本來就是正常之事，在吃喝玩樂時還想到讀書、賞畫，未免有附庸風雅之嫌。

即使如此，我仍期待有這樣的所在，在茶餘飯後，讓在地風情替人們裝設一雙美麗的翅膀，載著大家飛到現實抵達不了的地方，去想像，去翱翔。

宛若被我設為手機桌布的照片，那是喜歡攝影的友人H信手拍下的九份景色：遠方朦朧的基隆嶼、連綿的山峰，眼前延伸向海的馬路，以及互相依偎的房子、晾在屋外晒太陽的被單。有時心情低沉之際，滑開螢幕，看明朗的聚落構圖，頓時就覺得療癒。

從九份茶坊旁邊的木階朝下走，經過一整面的茶器展示架之後，就會來到布置得雅致的九份藝術館，由它的後門出去則可以通至陶工坊，以及位於輕便路的水心月茶坊。

這裡是藝術的花園，曾先後展出林顯宗油畫個展、洪志勝《花開了，謝了》系列個展、陳淑華《坐看春暖花開時》蒔繪創作展、賴振輝版畫《藝載山城》個展。回想起《花開了，謝了。》記得當初畫家洪志勝留下的一段話：「花謝了，雖是謝幕，卻也預約了下一個春天的來臨，而人類也和萬物一樣生生不息。」這樣的感動，幾年過去了，仍深刻地印在我的心版上，花開花落，原是四季中最常見的遞嬗，花開時，固然值得欣喜；但花落之際，又

一張張的明信片，等待被投遞的是一份份真心誠意的問候。

何嘗不是一種化作春泥更護花的生命？

如同H的攝影，當我心情受潮時，總像草原上的向日葵，適度送來一束盛開的陽光，我枯萎的思緒也逐漸甦活起來。在這炎涼的世態，我由衷感謝，能有這許多不同的照片讓我隨著心境變化，選用適合現下的風景，更換為手機的桌布，達到一整天的風和日麗。

我站在藝術館中，欣賞一幅又一幅的畫作，思緒馳騁其間的意境，經歷一趟茶陶畫之旅。如果臨時起意，想捎幾句祝福讓牽掛的人知道，那麼立於旁邊架上的明信片是不錯的選項。寫下由衷的問候，貼妥郵票，然後投入基山街的郵筒，就能傳遞旅途的心情給親朋。館內有一面ㄇ字形木架，擺放不同款式的茶器，具古早味盛裝茶葉的陶甕、瓷罐，古意地立於其中，像歡迎我這名遠道而來的朋友。

環顧室內幾張木質的彩色椅凳，其綠、紅、黃等配色讓我驚豔，經導覽說明，才曉得館內的桌椅泰半是當年請師傅拆自日治時代被人廢棄的房子，再用手工方式將老檜木上的釘子一根根地拔除下來，然後拼製成眼前既典雅又樸實的桌椅。最特別的是木板上那些斑斕色彩皆為檜木的原色，除非檜木面有壞

暖燈一盞，迎接到來的旅人。

料必須處理才會再另塗面漆。

其實，無論是茶道、陶藝或畫作，我皆非行家，只是喜歡喝茶、賞陶和看畫，覺得置身其間，有一份世代動盪中的安定，尤其在這個科技進化到已經快不見個人的隱私，輕而易舉地一不小心，白色就被轉為黑色，黑色便被變成白色的時代，暫別網路，悠遊在這一方人文小天地裡，感到分外有恩典。

九份藝術館是熱愛這片土地的藝術家，運用九份茶坊後方的空間，規劃出的第一家藝術館，除了常態性展出本土畫家的作品，也定期邀請陶藝家與畫家來此，秉持藝術生活化，生活藝術化的理念，營造生活的藝文空間，且不定期挑選富在地特色的作品參展。

祈願這個作為遊客與藝術家交流的平臺，未來能將山城推上國際舞臺，以發揚臺灣文化，進而吸引更多國際觀光客，前來體驗充滿歷史故事與藝術風情的寶島。

或許有一天，我也能在藝術館遇見H的攝影展，以及其他的藝術，在光與影之間，呈現出山城的古意和敦厚，時光中流動的溫柔，透露著安靜的力量。

而我，由衷地冀盼並祝福那日的來臨。

凝望畫中的花瓶，盼待下次的春暖花開。

茶甕裡，收藏的是多少陳年舊事？

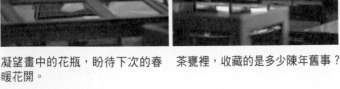

穿古入今

小時候聽老一輩說以前去戲臺仔看一場戲，大人買戲票的錢可以吃上一碗麵跟幾碟小菜，小孩則是半票入場。彼時我不知什麼是戲臺仔，只是猜測應該是有演布袋戲或歌仔戲的舞臺吧。

後來我才曉得戲臺仔不在金瓜石，而是位處九份，在我的孩提時代，它已從原先的戲臺仔被改建為昇平戲院，早期電影沒有聲音，大家也叫它做「啞巴戲」，即無旁白的默片無聲劇，由於觀眾對於字幕和語言的解讀不便，因此在放映電影時會有當地的「辯士」在一旁講解劇情，也就是「辯士說戲」。經常為了製造效果，辯士會加油添醋，中間也會有行銷的廣告時間。

我一直認為戲院是有錢人才去得起的地方，不管什麼類型的電影，在當年來說都是奢侈的娛樂，哪像現在看電影早已是學生時代基本的消遣。

念書的時候，同學喜歡三五成群約去看電影，首輪跟二輪的都看，那時九份已經十分火紅了，只是還沒有客運可以直接上山，我們從臺北車站搭火車到瑞芳，再轉乘客運去九份，逛老街、吃美食，也不知為什麼就是沒想去看充滿懷舊感的昇平戲院老建築。

我不確定自己成年後喜歡看電影，跟小時候沒有辦法常去看電影是否有直接的關聯。我心中的九份就像電影文化園區，早年它是臺灣北部第一家戲院「戲臺仔」的所在，也是導演吳念真的故鄉，後來更吸引許多電影、廣告來這裡取景，其中昇平戲院的曝光率堪稱居首位，無論《悲情城市》、《戀戀風塵》，都能見其身影，導演吳念真還特別在《多桑》裡描述了大人帶小孩到戲院去看電影，把小孩留在戲院，然後自己偷溜上酒家的生動劇情，至今還讓人印象深刻。

輕便路的昇平戲院，輪番搬演許多山城聚落的回憶。

九份因採金礦而帶來眾多人潮，基山街與豎崎路形成極強大的商圈，外來店家陸續進駐，戲臺仔於一九一六年左右建立（聽說當時的土地是顏雲年提供，經費由臺北廳提撥），最早是木造的戲臺，位於基山街市場的東山旅社旁邊，主演歌仔戲，有一等與二等座的票價之分。一九二七年因年久失修而崩垮。一九三四年遷移到豎崎路與輕便路的交接口現址。當時一樓是石造，二樓採木造，稱為「昇平座」（日本人稱表演場所為「座」），聽說主要是由於當年淘金熱帶來的繁華，四處呈現歌舞昇平的景象而命名。歌仔戲的演出經常為滿檔，有時，一個月就有二十天的檔期，遇上特別精彩的演出，觀眾會要求戲院老闆讓戲班加碼，甚至檔期會延長到一個月，如果有人被動容的劇情感動，也會打賞演員，有直接把賞金投擲到舞臺上或以貼紅紙方式，寫「賞某演員多少錢」，這樣的互動十分有趣與溫暖。其他像電影、布袋戲等各種表演也吸引人潮，連知名的「亦宛然」與「小西園」等布袋戲團都曾到此表演，散場後不難聽聞老街此起彼落的木屐聲，街坊酒家生意也連帶興隆。

一九五一年，昇平座改名為昇平戲院，變成當地的娛樂中心。一九六二年，戲院進行大幅的改建，不只屋頂用上等木材，二樓也改以隔音和隔熱的空心磚砌牆。當年戲院建築的規模與放映設備在瑞芳已屬豪華級，順理成章吸引舊雨新知的光顧，除了金瓜石和水湳洞，還有瑞芳的居民也會專程搭乘流籠來九份看戲。

朋友的阿公回憶說，在他小時候，戲準備上演時，就會聽到有專人在二樓的陽臺敲起咚咚咚咚的鼓聲，整座山城都能聽到，家裡大人不在時，他就穿起木屐走出家門，木屐踩在石階上敲出叩叩、叩叩的規律聲響，經過豎崎路趕到戲院看戲。戲院裡，大家普遍穿得體面，男人穿西裝、梳油頭，有的帶著點胭脂、打扮得花枝招展的女人來看戲。我問起彼時演出多變化的新劇為何受到大家的喜愛，他說除了有口白的時代感外，像觀眾喜歡的《廖添丁》戲碼，廖添丁與日警大鬥法，那種緊張刺激的臨場氛圍連帶感染觀眾。有時，利用放鞭炮營造出刀光劍影或日本武士打鬥的場景也引起大家的共鳴。

當年輕便路上有數十間酒家等娛樂場所，朝鮮樓就在附近，整條路滿是咖啡廳、當鋪、撞球間等店鋪。對於沒什麼錢買票的囡仔來說，看電影成了一種奢望，好在戲院老闆人不錯，會在快落幕時提前開門，讓他們也能看一段戲尾與大家同歡，當年應是九份最熱鬧的時陣了，可惜之後隨著礦業蕭條，當地人口外移，加上電視臺的崛起，即使搶先放映其他戲院沒有的影片，昇平戲院仍在一九八六年停止營運。

從我知道昇平戲院以來，腦海裡它就只有「昇平戲院」的名字，至於古早的「戲臺仔」與「昇平座」都是之後聽說的。

本來的「昇平戲院」僅存正立面牆、四圍的牆體、二樓圓弧樓板與山牆，現今遊客所看見的昇平戲院是仿照六〇年代的風貌整修而成，建築結構體已修復與補強。二〇一〇年六月，被新北市政府核定為紀念性建築物，同年十月進行整修工程，二〇一一年八月正式啟用，由新北市立黃金博物館負責經營。

目前昇平戲院的一樓有兩百席座位，二樓U型看

當年戲院的購票窗口。

古董式的炭精棒電影放映機。

戲院一樓的六連座椅，有著復古的味道。

臺區為木板釘成的階梯式座椅，有時會播放老電影與紀錄片，兼具多功能展演場域。黃金博物館於二〇一九年也策劃「歌舞昇平——老戲院影劇派對」，包括陳亞蘭歌仔戲團、臺北爵士大樂隊青年團、吳兆南相聲劇藝社等團體在此演出，除了是戲院，同時也是展覽廳與熱門的觀光景點。

現今的昇平戲院門口左邊立著一面簡介牌，走進戲院右邊是白底紅字的售票口，其上「角」的單位，喚醒許多人古早的記憶。當年「六連座」的觀眾座椅，外觀雖然褪色，卻讓在地老人家懷念不已，而柑仔店販賣部則在戲院裡的左側，目前雖然沒有對外營業，但店內各種的古早擺設吸引了遊客。右方張貼著《戀戀風塵》、《多桑》、《無言的山丘》近期放映的電影告示。再稍往內走，可以看見「古董式的炭精棒電影放映機」，以及載有廣告牌的電影宣傳三輪車，但山城因多巷弄，地勢崎嶇，宣傳車進入不容易，就改用兩位孩童一前一後肩扛電影海報的踩街宣傳方式。舞臺前的座位區左側走道旁懸掛的則是幾幅當年的電影海報。

記得參加過一次「金秋漫遊」的走讀活動，那是我第一回看到整個昇平戲院的全貌。小時候阿公就在戲院裡負責驗票、送片子、清潔等工作的張敏秀，娓娓道來一家人往昔在此的生活，除了從一樓的售票口、放映室，到二樓的後臺如數家珍般導覽，她還提及童年一場摧毀戲院的大颱風，所幸阿公帶著全家躲進如今是當年辦公室的小小放映室裡，才保全了性命。她回憶起以前從三樓住家就可以直接看見歌仔戲班在臺上演出時，那種幸福的口吻，讓遊客彷彿也跟著她去到當年的舞臺看戲。

離開昇平戲院時，我望向走道旁邊的牆壁懸掛著當年電影傳統海報，與那一部載著放映電影廣告牌的三輪車，以及小孩踩街時扛著的電影廣告，彷若重回三輪車、孩童的身影輪流穿梭於山城巷弄為電影宣傳，古早歌舞昇平的年代。

早期電影廣告的解說牌。

昇平戲院的內部，四處可見歲月的痕跡。

人言陶顏

在九份茶坊解決喝茶的欲望之後，經過一整面琳琅滿目的茶具展示櫃，感受出茶坊主人對擺設的用心。行經裡邊的穿屋巷，步下石階，來到陶工坊，有別於九份茶坊的營業性質，這裡的陶藝品並沒有對外販售。

隸屬於九份茶坊體系的陶工坊，是九份茶坊與水心月茶坊茶器的出產搖籃，負責陶工坊的陶藝家洪志雄說歡迎旅人蒞臨陶工坊，如果看到喜歡的茶具，再到九份茶坊或水心月茶坊選購即可。

一九九五年七月，此地因應九份茶坊店內所需的茶器而成立，老闆有新的創意或客人反應喜歡的茶具，就開始製作。以生產茶具為主、花器為輔的陶工坊，製作與打樣是現在的營運內容，根據老闆的設計圖執行，沒有接受顧客的訂製或購買，因受限場地空間的關係，也無法開放提供客人ＤＩＹ的服務。

產品開始只有純白或單一顏色，杯內與杯外皆一致，後來客人希望有藍、紅、綠、黃、白等色，也有人喝茶時想看見茶色，以致發展了杯外做顏色，杯裡維持白色的茶器。止滑壺、易泡組等茶具因手作的關係與時間的限制，無法在陶工坊量產，只能打樣、試賣，一般來說，陶工坊開發出來的產品會先在九份茶坊讓客人使用，再依據顧客的正反評價去評估是否生產，如果確定販售，就會請外面的廠商生產。

陶與瓷，陶工坊皆有生產，但仍以陶為主。洪志雄個人比較喜歡溫暖、親人的陶；相對的，瓷感覺較冰冷、高貴。兩者表現的素材、感覺即使不同，還是都有它的客群。

一般人常講陶瓷，但其實陶就是陶，瓷就是瓷，是不同的本質，燒製方法、溫度與顏色也有差別。燒製時，陶的溫度為一二五〇，瓷為一二八〇至一三〇〇度，瓷會比陶高二、三十度，所以燒製時，他會把瓷擺在高溫處，白色的瓷很怕沾上灰塵；而有黑、黃等顏色的陶土則較好處理，現在為圖多變，也有人用瓷土加入去燒，但陶工坊以陶為主，萬一有瓷器的需求，就在完成打樣後，外包請廠商生產。

通常我們看到的陶藝品，從無至有，大約可分為煉土、揉土、拉胚、修胚、素燒、上釉、入窯、出窯等。每個過程都須謹慎，否則可能得整個窯從頭來過，特別是入窯時的疊窯，要格外留意，窯與窯之間的密度會影響燒製過程的溫差與火的路徑，不能有任何疏失。

不同種類的窯燒出的陶藝品，呈現出來的質感會有所不同，一般作品的燒製分為電窯、瓦斯窯、柴窯。九份因人口密集，禁止使用柴窯，故陶工坊內雖有柴窯的作品，但都必須向外租借燒製。

談及關於燒陶土的溫度，洪志雄認為每個創作者習慣不同，沒有所謂絕對的標準值，他自己習慣先用散熱較快的八百度做素燒，之後再上釉，如果要做不上色的紫砂壺、止滑壺等裸陶，由於純粹是土的顏色，前置作業的細緻度得更講究，甚至必須拋光，完美呈現在客人眼前。

一開始九份並沒有陶藝，是因九份茶坊的需求而帶進陶藝，許多來到這裡的遊客大多是意外發現陶工坊的散

初步成形的陶，恰似人性本善。

拉胚的過程，靈魂與陶土早已合而為一。

客，這裡是九份第一個從事創作的陶藝工作室，也是九份茶坊的開發部，其特色在所有的茶器皆由自家設計，燒製而成。

目前的客人，若是旅行團，多半會安排專業導覽替他們介紹從九份茶坊、九份藝術館、陶工坊到水心月茶坊。一般參觀過陶工坊的客人就會至茶坊購買茶具。

除了工作，洪志雄私底下自己也會玩陶，可是仍離不開「茶」的主題，皆為拉胚的作品，基本上以「圓」的概念去發展，所有的創作幾乎圍繞著茶葉打轉，比方茶罐等與茶有關的收藏品。他認為人的思緒會隨著歲月改變，包括自己在內，所以每年的陶藝表現也會有差異，或精緻或粗獷，作品隨心境而轉化。他說陶已跟自己的生活相連一起，每天白日接觸的就是土，晚間下班回到家才洗手，所以很少區分究竟是在工作或休閒時做的陶藝。提起代表性的作品，他覺得是止滑壺與易泡組。

客人對易泡組的茶具接受度很高，這或許與緊張的現代生活有關，除非是非常執著茶藝的人，否則就一般純粹想喝茶者對易泡組印象最好，開始生產時沒想到易泡組會大受歡迎，一開始單純是茶坊在用，之後陸續有客人詢問就慢慢地一「泡」而紅。洪志雄也發覺現在喝茶族群年齡的轉變，從一九九一年九份茶坊開幕到一九九五年陶工坊成立，起初喝茶客群的年紀稍大，後來有越來越年輕的趨勢，近幾年連大學生也開始購買起茶具。

看著在我面前的茶組，洪志雄說這就是由「四個杯、一個壺、一個海、一個蓋」組成的易泡組。壺內有讓茶水流出的導流設計，方便茶水流出。如果有些人只有偏好其中的杯或壺也可以單買，畢竟有些文青在喝茶的本身以外，品嘗的是對茶的感覺。以洪志雄來說，看到客人喜歡茶坊的作品是自己最大的成就感，那些在創作過程裡遭遇的挫折、瓶頸皆微不足道。

無論在九份茶坊或水心月茶坊，不時會看到外國人對咱們臺灣茶文化感興趣，尤其日本人在走過豎崎路長長的階梯之後，許多回流客會專程到茶坊喝茶，買茶具伴手禮，而以陶藝拉胚為主的工作坊，輔助九份茶坊走過二十餘載光陰，未來將製造出更多道地特色的茶器文化。

陶工坊一景。

走過藝小路

如果細心點，不難發現九份的頌德公園內有許多藝術作品，有的是大竿林藝術村時期留下來的石雕與銅雕，主題大多離不開挖礦，令我印象深刻的有一隻粗獷的手，從藝術家口中得知那是礦工的手，象徵挖礦的辛苦。

早年有些藝術創作者發現沒落後的九份是一個很棒的地方，景觀優美、房價便宜，離都會區又近。對於許多希望將此地發展成藝術村形態的藝術創作者而言，一個荒廢的金礦村、人去樓空的聚落，如果能將現有的建築物花一些經費，稍加整理即可擁有一間專業的工作室，能在這裡長時間創作，再將作品行銷至都會區，無非是一種雙贏。

差不多在八〇年代，大竿林有十幾位藝術家想成立藝術村，甚或製作了專屬旗幟，彼時的藝術圈內幾乎沒人不曉得這個計畫，更有從外地來的藝術家向當地人打聽藝術村的所在，居民回答說，大家都在問藝術村，我住在這邊那麼久了，怎麼就不知道有藝術村。參與大竿林藝術村計畫的藝術工作者，除了單打獨鬥地苦撐藝術村，也忙於自身的工作，加上並未獲得在地居民的支持，大竿林藝術村便無疾而終。

聽說當年有位畫家在九份創作了兩三百件的作品，有人問他，畫那麼多的九份不會膩嗎？畫家笑說這座黃金山太美好了，只要標上「黃金九份」幾乎全部銷售一空。

很多人喜歡九份除了當地產黃金的緣故，還有浪漫的風景，那一層又一層的坡地，以及依附山勢的建築，信筆拈來皆是佳作。

即使未能躬迎其盛早期談文論藝的大竿林藝術村，但那短暫的璀璨年代，在許多藝術家的心底都留下了美麗的足跡，附近一帶也成了我心裡的藝術小路。

位處輕便路大竿林的野事草店前身為胡達華釘畫美館，也是從前釘畫家胡達華在九份的工作室。

野事草店的內部，掛著色彩繽紛的胡達華釘畫作品。

一進門，映入眼簾的是胡達華以九份為主題的釘畫，簡單的空間卻不顯單調。櫃檯旁的牆面則吊掛著臺灣二十四節氣的木牌，呼應店內「暖陽散策」、「溫脈飲」、「霧林晨光」等藥草茶飲。

我挑了窗前的座位，享受整面透亮的窗玻璃外的視野，那巍峨的基隆山景致，就算隔著一段距離，山上三座涼亭與其間的步道仍清楚可見。

頭頂上方那橫貫房屋兩側的長條形天窗，任亮光恣意灑落地板，形成好看的幾何圖形。

喝著店家特調的茶飲，酸甜氣泡和薑汁檸檬風味的自然發酵康普茶，聆聽店家說著招牌野事雞蛋燒的由來，口味皆搭配九份的故事取名，從序篇的「淘金熱」到「時雨」、「煤山人」、「霧丘」、「淡蘭」，每份金黃酥脆的雞蛋燒分別陳述不同的在地風景，讓人在品味美食之際，也翻閱山城的歷史。

而室內的釘畫，則出自生長於九份，喜歡美術，曾從事五金行業的胡達華之手，運用鋁、鐵等色彩金屬，從挑選適合的素材、剪裁、配色、拼集，再以釘子釘於厚木板，透過鐵片或鐵線的巧思，組合成畫，用抽象卻具體的形式，把一甲子前，戲院的熱鬧、礦工出坑等生活表現於作品上。

熱愛故鄉的胡達華回憶起第一次從日本搭機返回臺灣時，當飛機掠過基隆山，竟意外地讓他發現能從窗口鳥瞰到九份，雖然僅短短二十秒左右，卻令他感動不已。

早年九份多雨，氣候潮溼，選擇釘畫描繪聚落的日常，作品較不受天氣影響。這些從不同的奶粉罐、鋁盒、易開罐、廢鐵、餅乾盒……被剪下來或大或小的鋁片，都是胡達華釘畫創作的寶貴元素，讓沒受過科班訓練、不具包袱，無師自通的胡達華，一筆又一筆地勾勒，一片接一片地拼湊出九份之美。

二十年前的九份，常看到吉利的紅色喜餅鐵盒，黑與白顏色的金屬較少，因此，出自釘畫家手中的是一幅又一幅色彩繽紛，記錄礦山早年的浮世繪。手持畫槌的胡達華，釘畫裡出現的素材皆為信手拾得，像投身釘畫創作第一年的〈老九份〉，以及後來的〈伴〉、〈輕便車〉等作品，其中的每一片色彩、每一枚釘記，皆充滿濃厚的九份風采，過往的景致躍然於釘畫之上。

以臺灣和九份為榮的胡達華，創作時如果看見素材上印有「臺灣」兩字，譬如臺灣啤酒的易開罐，就會將它刻意突顯於作品中，愛故鄉的心在作品上表現無遺。

另外，汽車路邊也有值得欣賞的風景，那是邱錫勳以瀝青（柏油）去表現九份的礦工畫作。

展示了邱錫勳柏油畫的山巴咖啡廳。

起初畫漫畫，後來無意間看見用柏油在鋪馬路的工人，加上九份多雨的氣候，讓曾在這裡舉辦柏油畫展的邱錫勳，腦際瞬間閃過不妨以經濟實惠，又具在地特色的瀝青做創作顏料的念頭，於是他設法讓瀝青沒那樣的濃稠，以便作畫。現在便利超商旁，老街入口處的礦工裝置藝術正為其作品。

假若還想多欣賞幾幅邱錫勳的畫作，建議你可以從頌德公園的方向行，在它的前面有一個磅空口，穿越磅空口，繼續沿著左邊走，再往前走幾步會看見輕便路三五二之一號，一間外觀黑得非常美麗的房子，分為戶外與室內空間，這是以畫家的筆名「山巴」經營的咖啡廳。

建築物本身散發著早年濃厚的木頭氣息，屋內天花板與梁木都維持早年樣貌，書架上旅遊、文學等類書籍皆可供旅人翻閱，白色牆面掛著〈挖礦〉、〈礦工小黑人〉等系列瀝青畫作，更呈現昔日礦山生活。品嘗午後茶點，遊客在閒聊之際，也能坐下來享受人文藝術與山海風情。

邱錫勳的作品曾在海內外展出，柏油畫更從海外紅回臺灣，運用瀝青厚重的質感，繪製從進坑到出坑的礦工圖像等人文風情，景致不僅鮮明而立體，也描摹出聚落的印象。

經過了藝術的洗禮，來去另一頭逛逛令人懷舊的石頭屋，這是一幢百年老房子，目前租給經營餐飲的淂藝洋行。老闆說自己滿喜歡輕便路附近的周邊環境，也喜歡老房子。以前放假時就常與妻子來九份，每次經過這間門扉緊閉的老屋都會在門前佇足許久，後來終於有機會租下這間老屋，在二〇一八年九月中成立淂藝洋行。

店裡的餐飲，以及蛋糕、麵包、餅乾、茶葉等多半是自己做的，店的招牌為不添加色素與香料的茶葉霜淇淋，這是九份第一家用茶葉做冰淇淋的店，也受到年輕族群的喜愛。

此外，老闆也推薦紅酒牛肉飯、水果茶作為遊客點餐的選擇。而臺灣高山茶，與不含防腐劑的無糖水果乾則是自用送人兩相宜的伴手禮。

輕便路是一條充滿藝術與文創風情的小路。

百年石頭屋外，牆面花樣典雅的磁磚。

再往前走到九份教會附近的 CHLIV，這裡是二〇一六年世界拉花咖啡冠軍得主經營的咖啡店。

老闆熱愛咖啡，他認為九份深具臺灣的文化，在如此傳統之地能吸引眾多的觀光客，若可以把咖啡與在地的風景做結合，勢必會讓遊客在觀光時，慢下步伐，充分感受當地的人文。

經過不斷地尋找，終於在輕便路上找到位於觀景臺前的店面，全店以黑色調為主，期許以觀光立足九份，用咖啡接觸世界，營造新潮與傳統的對比，使遊客在樸實的聚落能喝到職人的咖啡。

為了讓顧客能近距離與咖啡師互動，老闆在店內闢出一個小方窗，客人可以清楚看到咖啡的拉花等製作過程，老闆能在十五秒內拉出美麗的愛心、鬱金香、葉子等圖案。我站在觀景臺前欣賞著海景，在熱拿鐵即將見底時，發現拉花竟完好如初，回頭問了店家，才曉得原來如果沿著同一個方向的杯緣喝，就能維持圖案的完整性。

老闆說熱拿鐵是店裡值得一嘗的招牌，如果不喝咖啡，則可點上一杯來自京都抹茶粉調製的抹茶，再搭配由內餡至外皮都是黑色的圓形鳳梨酥也別有一番風味，他強調拉花只是咖啡的附加價值，咖啡本身必須精緻，遊客來此才能體驗拉花咖啡的質感。

咖啡店內空間雖大，卻僅擺放兩張長板凳和高腳桌，沒有 Wi-Fi 與插座，這是店家貼心的安排，不希望客人只是待在店內一兩個小時上網滑手機，而是能帶著美味的拉花咖啡走在九份街道看風景。

在九份，不管雕塑、繪畫或飲食，都是一門藝術，在這座小山城，眼目所及與腳掌所踏之處，總讓人隨心所欲地攫住自己喜悅的一隅風情，好不快哉。

鍾意九份人文的我，對它過去的美麗、滄桑，皆有濃厚的關注，尤其舊昔的時光、老去的事物，哪怕僅是一片殘破的門扉、一盞不易點燃的礦火燈、一片剝落的瀝青黑屋頂，這些曩昔的斑駁都遠超越現代堆砌的時尚，近幾年，走在九份的街道，偶爾會產生少許惆悵，我猜或許是與那段淘金歲月的流逝有關。

山巴咖啡廳擁有寬敞、明亮的室內空間。

華麗與神祕

經過基山街一〇八號，被九份人稱之為「施家大宅」的房屋，這棟外觀看來平凡的建築，迄今已逾八十五年歷史，在當時九份，是令當地人羨慕不已，卻又難以入內一探究竟的宅第，起初聽聞它的身世，讓人宛若走入《紅樓夢》的故事，試想，在彼時一般百姓泰半阮囊羞澀，甚或打赤腳的年代，能在九份商區的地理中心興建一幢三層的巴洛克式洋樓，在小小山城，對多數人來說是遙不可及的夢，自然引發外界無限好奇。

後來才得知施家大宅正面位置，其實位在現今芋仔番薯茶樓穿屋巷附近，基山街之面向是該棟建築的背面，如果想清楚一睹施家大宅的樣貌，可由老街旁的穿屋巷進入，穿過巷弄繞到大宅的正面。當年建造之際，整棟房子還特別採用配合外牆弧度，貼上白色磁磚做裝飾，在彼時，屬非常特殊的工法，因為白色的外牆，所以也有「白宮」之稱，當年在地人會說施宅是有錢人的家，這棟建築也就成為九份富貴人家的代表。

我聽著施文魁的後代子孫，施廷貴的長孫女施惠瓊娓娓道來童年的九份印象，「從以前流金歲月的奢華、靜鄉默城、甦醒再現，到今日變得擁擠、吵雜，雖被更多人看見；但仍心疼被踩踏的山城，這裡已不是記憶中的九份。」施惠瓊的感受也是我的心情寫照，我們對這片土地不約而同有著一份憐憫。

搬到臺北後，施惠瓊若有機會與朋友驅車經由濱海公路，行經看過去一片灰撲撲的九份，她會自豪地指向正中央那棟白色建築，告訴他們說那是她的家。施家大宅的頂樓，有三百六十度的看臺，登高至此處，除了看得到九份聚落，並可遠眺基隆山與濱海的風景，視野絕佳。

施家祖先來自福建安溪縣，其第六世代之先祖施文魁，清朝時出生在桃園中庄，三十多歲時來到九份發展，受僱於翁仔西的中藥店。施文魁共有四個兒子，其中之施耉欽，參與金礦開採工作，也挖到金子，其後在家族通力合

施家大宅四處可見古樸的景色。

從天井看出去的天空，別有一番思古幽情。

作下，成立「施金春號」（施家大宅）及兩家中藥行，成為當時九份礦山的鉅富。

據傳在人口巔峰時的施家大宅，每一房都配有幫傭，另聘大掌櫃管理金融事務，從長輩、妻、妾到傭人，就住有近百人，是貨真價實的大宅。大戶人家三餐伙食、日常物資的需求量十分龐大，每隔一段時間就得請自家專用司機開卡車去基隆、臺北等地補貨。由於外面的人想參觀家大業大的施宅並不容易，也因此讓它蒙上一層神祕的面紗。施惠瓊笑著說，去過施家大宅的人說，走進施宅，步上樓梯後，發現內部多元，有客廳、飯廳、巷路、石磨間、尾間仔、古井、防空壕、泡湯浴池等格局，簡直彷彿迷宮，不知該先往哪個方向走才對，宅內種植許多花卉等植物，名副其實的鳥語花香。

特別的是，她懸壺濟世的伯公會在大灶熬煎中藥，大灶旁還有一個小灶，大灶烹煮著養氣用的地骨露中藥。施宅裡原本共五個大灶，但有的後來被瓦斯爐取代，便打掉了。而施惠瓊的父親則在家中煉黃金，父親以試金石看金子的成分有多少。從小在熬中藥、看金子長大環境的施惠瓊，對黃金並不感興趣，倒是冬天吃著伯公煮的十全大補湯熬糯米飯，養成一身好體質，她心存感謝。

聊及小時候在施家大宅內的生活，施惠瓊盡是滿滿暖心的回憶，包括出生時的紅眠床，更使她懷念不已。當年施家在九份是望族，施惠瓊記憶猶深的是生長在這樣的大家族裡，她非但沒看到大人們的勾心鬥角，反而看見手足彼此親愛，祖輩之間，兄弟能在圓桌並肩品酒、促膝長談，商研家中生計的闔家歡樂。

倫理在施家極受重視，最明顯的是用餐時，必須從父執輩至幫傭，依序入座，施惠瓊也聽母親說，在自己未出生的年代，家中的女人不能坐客廳裡的金交椅。沒金交椅可坐不要緊，施惠瓊說以前客廳有一臺留聲機，幾位美麗的阿姑相約到客廳去聽音樂，母親唱日本歌的歌聲至今仍迴旋在心底。

「積善立業」是施家大宅的家傳祖訓，即使環境富裕，施家人並沒忘記扶助貧困的家庭，也教導子孫幫助有需要的人。幾年前有人透過關係找到施惠瓊向她道謝，原來當年那人的父親生病，阿嬤拿了幾兩金子讓他就醫康復，對方一直把那份恩情放在心上。作為中醫師的伯公遇到經濟有困難的病患，也是免費開藥給對方。小時候，施惠瓊看過鄰居吃飯的光景：白粥配一顆酸梅，六個小孩分著配一盤空心菜。這與隨時有魚有肉能吃的施家形成強烈對比，施惠瓊的阿嬤便送豬肉等菜給鄰居，這些善行在她腦海留下鮮明的記憶。

而屬於施惠瓊的另一扇回憶之窗則是小煙囪，她說以前人因煮大灶的關係，會在黑屋頂上做一個小煙囪，從施家望下去那些層層疊疊的房子，每到黃昏時分，就看到每戶人家的煙囪冒出炊煙，那樣的畫面對小孩來講是一幅生動的風景。

在施惠瓊還沒讀小學前，每天起床，自己穿好鞋子，大人會疼惜地問要去哪，她會說：「我要去九份頭走到九份尾。」然後，她就獨自開始從基山街、舊路、烏勢坑、市場口，再走往崙仔頂，一直走到大竿林，再走到輕便路，之後往回走到戲臺附近、會社、基隆山腳……。天真的她，發揮囡仔串門子的天性與鄰居打招呼，長輩認得她是誰的女兒，會拿糖果、餅乾請她吃。施惠瓊熱切地說當年哪戶人家的哪位鄰居至今她仍記得。白天的小旅行結束後，晚上，施惠瓊的阿公會在房間的八腳眠床上擺一張長方形紅木桌，吩咐她與哥哥一人坐一邊，練習書法，阿公會用閩南語念四書五經，讓兄妹倆寫，幼時的她看著大黑板上寫著，「勤有功，戲無益。」會跟哥哥開玩笑地說，是說我們不要去看戲的意思嗎？

有時施惠瓊會找堂姐妹們一起去陽臺玩耍，她說三伯公種了許多的盆景，總是再三叮囑她們不准摘花，孩子玩都來不及了，哪有心思去偷摘花，她倒是記憶猶新地說，當玩輸時，就會任性用閩南語跟對方說：「不跟你好了。」這句富含古早味的臺詞，也是好多人記憶中的經典對白。

九份採金沒落後，居民的生活也走下坡，施惠瓊想起施家最風光時，除了父親煉金以外，家裡還經營皮鞋店，雜貨店由阿嬤負責，大粗坑附近一些辛苦的採礦人家常到雜貨店賒帳，等礦工領薪時，父親就派她去收帳，從九份去大粗坑收帳，要走大概一個鐘頭，對彼時年紀小的她，在耐性與腳力上都是一種提早的磨練。

幾年前，有人建議施家大宅可以在整修後，打造成博物館或文創園區，畢竟它能代表九份的建築，裡面無論碗盤、花瓶、時鐘等日用品，皆為珍寶，此外，值得一提的還有當年來自福州的師傅與從福州運材料到臺灣製作的八腳眠床，都是寫著歷史的回憶，若能藉由委外修繕，保有房屋原本的樣貌，維持結構與安全，就能讓施家大宅這些擺飾，得以文創的風貌呈現在遊客眼前。

這棟大宅依舊安靜矗立在熱鬧的基山街，每一扇窗、每一扇門，皆陪伴施家人每天的作息，見證過往的年華。

恣生的綠意，旺盛的生命力。

寫滿過去的記憶。

鴨子划水

聽著在地深度旅遊達人細數從小生長的九份，言談間流露對彼時日常的懷念。年華似水流，即便追不回那段過往，鮮明的礦山印象，卻在我的探詢下，從黃金淦的口中井然有序地道來，跟鄰居一起玩尪仔標、打彈珠、踢鐵罐，那些互動的童趣，在我們的眼前鮮明了起來。

讀幼稚園時，黃金淦的父母就到臺北工作，排行最小的他，先是讓年長自己二十歲的大姐照顧，大姐出嫁後，則由年長十九歲的大哥接手，兄姐輪流代替母職。缺水的夏天，他幫忙到五番坑口打水，再沿路擔著水，走回輕便路的住家；年紀稍長，去挑磚塊，除賺微薄的零用錢外，並藉此增加個人的生活體驗。

東北季風強勁，每當颱風季節，父親會在屋梁上掛一包應急的糖果、餅乾等乾糧，小孩看得見吃不到，只能眼巴巴好奇地望著。大哥則在屋外用鐵線固定住油毛氈屋頂，在鐵線下綁塊大石頭，風強時，還得靠大人拉住鐵線，有時連人都快被吹飛。

停止產金後，九份有一段經濟沒落期，年輕力壯的人，都出外去打拚，小孩留在鄉下給老人家照顧，這樣的情形，直至電影《悲情城市》播映，發展觀光後，才開始改變。早期交通不便，黃金淦到臺北找父母，必須從九份搭客運去瑞芳，轉乘火車至臺北，車廂內很擁擠，他感覺去臺北是件苦差事。後來，兄姐們各自成家立業，父母工作也穩定，小學三年級下學期，大人就安排將他遷居至臺北讀書。

成年以後，回首在九份生活的時光，他感到十分珍惜，不只豐富了人生，更讓自己有接近大自然般的胸襟，也為他現今的導遊工作預埋伏筆。

當年職場上的黃金淦，有「duck」的外號，意即鴨子划水，做足檯面下功夫之意。面對轉換跑道後的事業第二春，他依舊秉持這份精神，安靜努力且不斷學習，甚至在兩個月內，獨自花了四十天左右，親自到水湳洞、金瓜石與九份進行考察，一步一腳印地收集資料，為客人量身訂製不同的旅遊方案。

二〇一六年，黃金淦在深澳漁港遠看九份，以前這樣看著沒什麼特殊感覺；但那一次從海邊遠眺山城，他突然認真思考自己在人生的下半場，想追求的目標。經過一番深思熟慮，便決定為故鄉九份盡些心力，跟家人討論後，二〇一九年報考華語導遊及領隊考試，皆獲得錄取。在導遊口試題，正好抽中「水金九」之旅遊題，好像命定般，帶領他逐步去挖掘家鄉的文化及美景。

面對九份的商業化，令人一則以喜，一則以憂，近幾年，國際觀光客大量湧入，許多人推動觀光，並提供就業機會；但大家對山城的過度商業化，亦深有所感。黃金淦認為既然當地有眾多國際與國內的觀光客，旅遊內容就必須朝精緻化與差異化的層面去著手，並融入關鍵的歷史，進而讓更多人，看見不一樣的九份。

以遠近馳名的基山街為例，這條街，不管吃的東

在九份度過童年的導遊黃金淦。

近年受到觀光客青睞的輕便路。

西或住的民宿都不少；可惜同質性太高，這是現在臺灣觀光區普遍的問題。從觀光角度來看，有特色才有競爭，如果能有與九份文化連結的元素會更好。老街須藉市場的差異化去吸引人，不然九份、臺北等地都吃得到芋圓、臭豆腐，人家為何要大老遠跑到九份來吃？如何避免老街流於夜市化，是地方的當務之急。

許多數十年以上的道地小吃，被淹沒在一堆同質性的商家裡，不容易被發現，非常可惜。黃金淦期待政府或相關單位，可以評比當地的商家或加以輔導，並針對優良商家頒發認證書，再將其列入九份的觀光地圖，介紹各自的特色，供旅客參考，促成良性循環。

另外，有很多日本的觀光客，喝完茶或用完餐後，近年來多會漫步至輕便路。遊客顯然已把輕便路歸為適合慢遊的路徑，而基山街則是填飽肚子及熱鬧的地方，旅客因不同偏好，進而各取所需。如果有觀光單位，針對不同國籍的旅客做市調，例如：希望九份是怎樣的地方？喜歡它哪一點？相信這樣會從中獲得許多寶貴的意見，提供未來九份觀光發展之參考。

喝茶文化，是九份一個非常鮮明的特色，在九份喝茶，與在自己家裡或其他地方喝茶是不一樣的，在這裡喝茶，看山看海，整理心情，每一杯喝入口的茶，都有不同的意境，如果能在品茗過程中，有人稍做講解茶與文化的關聯，藉此將喝茶文化，透過深度旅遊的方式，結合採金文化、歷史古蹟，這對茶席來說，會有加分的作用。

能進一步將觀光透過文化，介紹給國內外的客人，才有辦法留下當地的根柢，客人留下深刻印象後，口碑行銷就應運而生。曾有遊客驚訝地跟黃金淦說，自己來了十幾趟九份，發現他安排的九份輕旅行與眾不同。這就是所謂的文化內涵，透過文創、旅遊、住宿、文化活動等，讓旅客體驗這些在地精髓。

品嘗當地的芋圓、草仔粿、紅糟肉圓、魚丸等美食，有幾家為歷史悠久的在地老店，怎麼從傳統中去創新，得看年輕接棒的一代，如何求新求變，讓它有不同的風味，若能讓遊客在飲食方面，也吃進在地故事，那種溫度，會讓人難以忘懷，聽到過去一路走來的歷史，這類有異於囫圇吞棗的一般小吃，下次旅人自然會想再光顧。

吃完美食，再帶遊客經過穿屋巷，走到位於輕便路的五番坑口，黃金淦說輕便路以前是金瓜石與九份兩地的交通要道，從金瓜石的黃金博物館一路延伸，經過基隆山，穿過九份，再銜接至瑞芳，而五番坑口更是過去開採金礦的重要地標，如今成為來九份必訪的景點。提起與礦產息息相關的歷史，導遊毫不陌生。

看著臺陽停車場密集並排的遊覽車，我想到讓人困擾的交通，幾次帶團上山，黃金淦都被擁擠的人車給耽擱，特別是假日。他表示接駁車的班次，一定得充足，否則時間一久，勢必使旅客到此一玩的意願大打折扣。即便是平日，也要有水湳洞、金瓜石與九份三個地方的區間車，讓路線維持順暢。

九份的旅遊，在向下扎根的過程裡，想走得深入，絕非只靠少數人的熱心，必須由商圈、旅遊業與政府集思廣益，成立跨領域的專案小組共襄盛舉，才能往上結出豐碩的果實。

未來，黃金淦將持續為九份推廣深度之旅，使它繼續鴨子划水般，竭力前進，他期望自己的家鄉在飲食、美景之外，呈現出兼具豐富與感性之行程，讓遊客能滿心歡喜去體驗這座山城文化之美。

傍晚了，老街裡邊的人潮與鍋爐一定正鼎沸著，吃飽後，豎崎路跟輕便路上想必又會湧進一批愛熱鬧的群眾。

靠海的窗邊

歲暮時分，雖然依舊忙碌著，但越被俗務纏身，就越想投身大自然，呼吸自由新鮮的空氣。我揀了一扇靠海的窗邊，獨自坐在睽違的水心月茶坊，午後的風輕柔拂過臉頰，讓人有安舒的幸福。三點過一刻，陽光和煦地灑落在桌角，形成美好的光影構圖，我專注地欣賞著這一幅傑作，心底宛若有些什麼給觸動了。

彼時，二〇一七年，在散文集《金色聚落——記金瓜石的榮枯》寫作過程遇見幾次的瓶頸，左思右想仍沒辦法整理出一個方向，索性把文稿一擱，出門轉搭客運上九份散心，沿途看車窗外的雲影天光，藉抒發壓力為名，行逃避寫稿之實。

心情煩悶至極之際，當然是躲開水洩不通的基山街，從旁邊的石階走下去輕便路，不知不覺信步來到坐落於輕便路三〇八號的水心月茶坊。走進店內，店員禮貌地端著茶盤奉茶迎客。

在此歇息，點桌後，店員熟練地講解使用金銀花茶具組泡茶的方法，先做第一沖的示範，茶葉從茶罐倒進茶則，一次約一泡沖茶的量，約莫可回沖五到八次，再將熱水倒至茶壺內的止水線，也介紹茶壺杯緣的防燙功能，這是老闆為體貼顧客的設計。

茶海為均分茶湯香氣所用的器具，看著櫻花樹枝製的茶匙，我猜店主人想必是一位浪漫的雅士，才會把櫻花樹與茶文化連結在一起。店員接著溫壺與溫杯，把茶葉放進茶壺，倒入煮沸的熱水，他提醒我，第一沖讓茶葉在熱水中靜置約四十秒，第二沖十秒，第三沖十五秒，之後依序加五秒就能飲用茶湯。最後店員微笑說一旁貓咪造型的銅雕是結帳時的桌號牌，將它和沒泡完的茶葉一起攜至櫃檯，店員會將茶葉打包，讓客人帶走。

既來之則安之，我欣賞過店員優雅的泡茶動作，寫稿一事早就拋至腦後，獨享一個人的茶旅。

揀一扇靠海的窗邊，與山比鄰而坐，用心聆聽海的靜美，即使放空，又何妨？

環顧四圍，幾桌人客，笑語如花三兩朵，室內展示的藝術家畫作、窗外無敵的海景，使緊繃的思緒逐漸鬆弛，一時半刻寫不出隻字片語又何妨，靈感短暫沒來造訪也不打緊，且當是拾得浮生半日閒，這也是一種過日子的小確幸，無事一身輕。

如今，《金色聚落——記金瓜石的榮枯》早已出版，而我並未因此減少到水心月茶坊的次數，反而來得頻繁，這裡不只是垂釣文思之處，也是去九份的私房景點之一，久而久之，好像上山如果沒來一趟水心月茶坊度過片刻時光，就不算有到九份。

讓我鍾意的莫過於它典雅，門口的貓造型鏤空路燈，仿巴洛克式清水磚築成的外牆與拱門，內部造型別致的桌椅等充滿藝術氣息的裝潢，露臺的獨木舟裝置藝術也讓人眼睛一亮，周圍栽植綠盎的盆景，花木扶疏，在其間，彷彿置身歐洲的風景情境中。一九九七年三月成立的水心月茶坊，除了頗具看書、寫字的氛圍，也適合人與人之間傾心吐意，互相扶持。

記得最近的一次，朋友的至親身體微恙在加護病房觀

夕陽西下，漁火陸續亮醒，望向海上的眼睛，是另外一種深情。

察，孝順的他，在住家與醫院兩頭頻繁地奔波。那天，我們約在水心月茶坊討論完公務，讀著他擔心失去至親的臉容，不禁也讓我想起母親離世的那陣子，我懂他的憂傷，除了傾聽，也分享了過來人的不捨，熱騰的茶水溫暖著各自微涼的心情。祈願朋友和他的至親平安，是我能給予的最大祝福。

印象再拉遠些，好些年前久未聯絡，情感觸礁的友人陷入低潮，我陪他上山，在這裡喝茶、話家常，讓熱茶溫暖心裡的悲涼，那也是一個有微風的下午，他道出不快，我不斷地勸進醇厚有蜜與熟果香的貴妃茶（這可是店內最有特色的茶，涼了可惜），順便一併交換自己走過幽谷的經歷，兩個天涯淪落人彼此取暖，幾杯茶湯喝落肚，茶香四溢，餘留華麗的甘甜在嘴中，朋友總算露出一絲微笑，他說水心月的名字取得真好，給人一種閒適的淡

質樸的木頭，儲存著過往歲月的呼吸。

然，是使人沉澱自己的好地方。

曉得水心月茶坊是我在九份的私房祕境之一後，朋友感興趣問了些有關它的歷史，我同他說起九份的興衰輪轉，也聊及茶坊的故事，或高山或低谷，有如每個人的生命皆有陰晴圓缺，跋山或涉水，邁開步伐，走就過了。

友人似乎明白了我的話，儘管心境上無法立刻雲淡風輕，卻已有些微振作的餘力，繼續安靜聽著我所曉得的水心月。

我問他曉不曉得「水心月茶坊」以前的名稱為「天空之城」，他搖搖頭說不知道，雖然天空之城也不錯聽，但比較喜歡水心月這個名字的愜意，接著問起茶坊為何要改名，我笑著回答因為宮崎駿啊。

他一臉訝異的表情，「日本的動漫大師宮崎駿？」「嗯。」我頷首。他有些不解，我說因為宮崎駿有部《天空之城》作品，即便水心月茶坊的前身「天空之城」早於宮崎駿的《天空之城》，可是為了不因撞名而造成誤會，因此茶坊的創辦人決定把它更名為「水心月茶坊」。

從天空之城到水心月名稱的異動，非但沒有影響茶坊的生意，反倒贏得更多舊雨新知的支持，我感到欣慰，像這座礦城，自採金沒落後的經濟蕭條到現今聲名大噪，這也是許多老九份人始料未及的吧。

好些個年頭經過了，我與友人雖不常聚首，但偶爾透過手機的訊息互道平安，特別的日子相約見面，送對方一份水心月茶坊的伍倆金鳳梨酥或梨山茶禮盒當伴手禮，茶坊成了彼此珍貴的印記。

無論晴朗或落雨，在這裡找一扇靠海的窗邊，重溫何當共剪西窗燭，卻話從前的掛念，這樣的願望，一直在各自的心內。

人生的聚散離合，跋山或涉水，過程難免辛苦；但邁開步伐，走就過了。

尋金喜

走過輕便路的水心月茶坊，就可以看到不遠處，位在石碑巷，黃底紅字店招牌的九份金礦博物館。

有別於金瓜石的黃金博物館，九份金礦博物館是由已離世的老礦工曾水池在一九九二年成立的民營博物館，本來在豎崎路經營的博物館因租約到期，就遷回石埤巷的老家。

在九份全面封坑後，當地的人口外移，有許多礦工就把金礦煉掉了，然後一家大小搬離這裡，到外地買房子，在異域討生活。而這棟以九份的金礦、人文等歷史為主題的博物館，原本是曾家祖厝，現在由曾水池之子曾建文負責，保留老房子，將它打造成博物館，透過營運、參觀動線，讓大家知道除了老街，九份還有其他值得一遊之處。

一踏進博物館，看見的就是九番坑造型的入口，牆上掛著礦火燈、礦工帽與礦工穿的長袖工作服，以前礦坑大概只有十八度，坑裡空氣冷，因此必須穿長袖上工。軌道上停放著當年用來運礦的老舊臺車，牆邊擺放早期的採礦器具，包括礦工帶的便當盒，在在還原了當年礦工在坑內的生活，也讓遊客知道哪類的礦種會生黃金。我想起一句礦工的術語：「如果看到黃金，旁邊一定會長石英；但如果看到石英，旁邊卻不一定有黃金。」只是這樣的說法，精準度如何不得而知。

有救命燈之稱的礦火燈是認識臺灣礦工的重要指南，燈內放的是南部果農常用，有著濃臭氣味的電石，老一輩又稱它為「臭土」，直接用火無法使它燒起，必須加入水後，它才會冒出像瓦斯般的乙炔氣體，再點火就可燃燒。金礦博物館內的這盞銅製礦火燈從日治時期保留至今，已有好些年歲，館主試了幾次才把火點起。

礦工在坑內往裡面越挖越深時，坑道內的光線也越來越黑，這時礦火燈就發揮照明的功用。再則，當礦坑裡的空氣逐漸變得稀薄，此刻礦火燈的警示功能就派上用場，當燈火忽明忽暗，甚至熄滅，就表示氧氣不夠，礦工必須趕緊先到有空氣的地方等候幾分鐘，讓空氣恢復流通再入坑工作。另外，就是藉由黃金的高度反光性，暗黑的礦坑，在燈火照耀下，假若有閃亮的反光，就有找到黃金的可能性。

然而，攜帶磺火進到可能有沼氣的礦坑，會不會有安全的問題？館主笑著解答，曾是火山的基隆山在活動時已把當中的沼氣先燃燒，釋放完了，所以在礦坑裡點火不成問題。

金礦在取礦敲碎、研磨、淘洗、氰化、沖洗、汞齊法、蒸發、成色、初煉、純煉、鑄金條等過程，是臺灣早期礦工煉金的古老方法，當然也有其他比較先進的方式。館主特別提醒遊客，這些煉金的方法裡，用了許多危險的化學藥品與劇毒物質，不具備足夠化學常識與受過訓練者，千萬不能輕易嘗試。

我問及水銀咬金，館主說這是礦工冶金技術裡的一項，即在煉黃金時，用水銀把黃金結成塊。另外，「鐵收銅、銅收銀，以及水銀咬金。」其中鐵

九番坑的模擬造景。

牆壁掛著採礦的磺火燈與礦工帽。

收銅方法是以「礦水收銅」，將礦水引導流進放滿廢鐵的木槽內，使水裡所含的銅離子與廢鐵產生「氧化還原反應」而變成銅，銅會附著在廢鐵上面。廢鐵經翻洗後，銅會跟著水流進沉澱池中，排水收集濾乾後成了沉澱銅泥，再經過冶煉，就能提煉出銅。

無論煉金的方法或過程，館主都講解得非常到位，我聽得入迷，卻還是只能用有限的頭腦去想像實際操作的步驟與畫面。

金礦博物館的一樓主要展示著各種礦石，清朝時，曾建文的祖先從山東遷至臺灣，阿公經歷日治時的開礦，到了父親曾水池十四歲開始採金已是臺灣光復後臺陽公司在經營，父親承租礦坑當老闆時留下許多富礦在家，想說要煉隨時可煉，沒料到不久後政府封礦。生於礦工世家的曾建文說起採金故事十分精彩，九份有盜採金礦的非法「散花仔」，有些失業者會跟他們去挖礦，另一種是靠行採金合法的「秀花仔」。「偷捉雞很見笑，偷掘金仔免見笑。」這句當地俗語把潛入礦坑的散花仔的合理性形容得栩栩如生。

漂亮的礦石，裡面藏著故事。

九份大多是走南北向的安山岩石英礦脈，有別於多走東西向的金瓜石火成岩，兩邊的開採方式也不同。金礦博物館內有數百顆的礦石，其中屬九份安山岩石英礦的金銀礦，也稱金花礦，而屬金瓜石的五彩石，更是來博物館值得一看的礦石。

博物館的二樓是淘金教學區，牆上展示著許多老九份的照片，擺設了淘金所需的器具。曾建文特別說明國外淘金是用鐵盤在河裡篩金，與咱們的淘金不同。臺灣的金礦生長在岩石上，品質好又不會氧化，只是提煉的過程比較繁瑣，得用手工先將礦石磨碎成沙泥後，倒進木頭製的手槽，這時會呈現出沙子輕、金子重的現象，就得運用比重原理，搖的速度、水的沖力，皆須拿捏好，反覆把手槽中多餘的沙子搖掉，留下金子，這套洗金技術，即一般所說的「傾金」。

當初曾水池傳授「傾金」給曾建文，是希望傳統技藝後繼有人，當年還在外地工作的曾建文，利用放假回九份跟著父親學習，以為自己熟能生巧，很快就能學會這套本領，結果恰巧相反；沙與水的比例該多少，沖近或沖遠的距離要多大，怎樣讓金子集中在一起等眉角，這些數據老人家無法具體說清楚，必須靠自己摸索與經驗去累積。

六〇年代之後的九份，是金礦博物館在導覽之際的時間主軸，內容則解說九份的在地文化。遊客用電話報名導覽者居多，雖然以夜間活動為主，參加者仍眾多，曾建文會規劃年輕與長青的行程，有人喜歡走路，路途就長些；碰上喜歡聽老九份的過往者，那麼他就會多說些故事。

遊客若想體驗日間行程則必須預約，大多數的外地人不曉得到九份玩該怎麼走，幾乎都從派出所旁的石階往上爬，才到昇平戲院每個人已氣喘吁吁。按館主的建議，其實白天可以由一〇二縣道散步到基山街，再經外圍的輕便路隨意逛。晚上就沿輕便路行經頌德公園走到磅空口。不管白晝或晚夜，金礦博物館安排的路線各有特色。遇到參加過導覽活動的遊客，館方會設計不同的走法，避免路線重複。

現代的觀光客來九份大多是來看風景，這幾年大部分是日本與韓國的遊客，比較少在地臺灣人來九份消費，這或許與自己人覺得來這裡就只有基山老街，逛完後不知還能去哪裡有關，除了地標不明確，也沒人導覽。很難想像二〇〇〇年前後的九份，從早上到凌晨兩三點，甚至天亮，路上都還有許多人在活動，不像現在的人潮多數集中在下午四點至七點的時段。

金礦博物館透過夜間導覽，讓遊客知道九份哪裡好玩，如果有夜宿九份的人，也會曉得隔天要走哪些景點，尤其是在九份，路幾乎是相通的，即使到小巷弄去走走逛逛也不怕迷路。

為了保留當地文化、歷史的指標，館方也帶些私房景點，大部分會來這裡的遊客多半是自由行。以前，一般的團體走完老街、豎崎路之後，就不太可能再繼續往下走，好在近年來透過網路宣傳，終於有更多人知道金礦博物館的存在。

九份的生意人有許多的外來者，在地人比較少，萬一遇上毫無預警的天災或人禍，導致生意無法經營，外來的

淘金的研槽。

水銀咬金的示範。

生意人可以選擇轉換陣地，另謀出路；但九份呢？就任其再度荒廢嗎？看在當地人眼中，這個議題是嚴肅的，卻該去想出應變之道，因此，讓年輕的一代落葉歸根，承接礦山的文史，進而將它介紹給更多喜歡山城之美的人，成為金礦博物館的理念與期望。

九份與金瓜石、水湳洞這偌大礦山，春夏秋冬各有不同的漂亮景象，盼待之後能互相連結，把這些美麗的風景分享給更多人，這些美景是更值得收藏的無形金礦。

目前因資源有限，曾建文說若有政府資助經費，便能發展戶外淘金等活動，如果有機會與臺陽公司合作推行採金活動，相信會讓九份更完整地讓大家認識，同時鼓勵更多中生代與新生代回來帶動九份的發展。

未來，培養新一代解說員來介紹當地夜間導覽是金礦博物館的期望，趁著日本與韓國的觀光客多，必須快馬加鞭將該有的地方文化做好，讓遊客更多地回流。

提及年輕的一代回九份，我想起與曾建文一起回鄉的外甥女曾譯嫻，除了帶在地導覽，也負責金礦博物館的活動企劃、合作洽談等工作。熱愛這片土地的初衷，以及履行答應阿公曾水池把金礦博物館傳承下去的約定，更是她回鄉推廣九份的動力。

離開金礦博物館後，我思及珍貴的富礦，動容於館主對那些礦石保存的用心，也知道讓九份的歷史人文，去吸引更多在地遊子返鄉耕耘，一直是我認為最能活絡這座山城，永不斷絕的泉源。

漫筆

臨時起意，想上九份的豎崎路走走。以前來九份，要到豎崎路或輕便路，我只懂得在舊道口，也就是現今的老街口下車，再通過擁擠的人群鑽過去，之所以走那樣的路線是因為不知還有別的走法，只好不得已跟大家人擠人。後來聽在地人講，才知道假若不想走人多的老街到豎崎路，可以從九份派出所旁邊，「豎崎直行」的石階往上走，慢慢地步行，這樣便可避免爆炸般的人潮。遇到有風的日子，邊吹風邊往上走，還能享受片刻的寫意。

如要貪快往上爬也未嘗不可，端看平時訓練的腳力跟肺活量，只是曾聽快走過的朋友說爬不到一半就已氣喘如牛。因此，通常踏上這條石階路，我都刻意放緩腳步，眺看遠山浮雲，流覽四圍草木，順道讓自己成為大自然的一隅風景。

當下的日頭沒那麼熾，我在九份派出所站下車，這回單純想仔細瞧瞧經常被我走馬看花的豎崎路。恰巧豎崎路上的遊客沒幾個，我試著用非觀光的旅行速度遊賞九份。空氣中飄散著油毛氈的瀝青味道。身旁翩然飛舞的蝴蝶。室內吹冷氣打盹的狗。屋簷下伸懶腰的貓。在在讓九份的午後顯得靜謐，步履也輕盈了起來。

爬過幾分鐘的石階路，我發現一家看起來有點像販售禮品的明亮店家，抬頭找了一下招牌，才看見是墨旅書道創意館，門口有販售用墨魚冰淇淋搭配香蕉冰沙所製成的創意冰品，是夏天許多遊客到此都會一嘗的墨香冰沙。

暖色系的室內裝潢，牆壁掛著多幅書法、畫作，架上琳琅滿目的筆記本、杯墊、帆布袋等文創商品，走在裡面如沐文青風，這個展示書畫等藝術創作的空間，於二〇一九年二月開幕，堪稱當地極富文創氣息的場域。

室內分為體驗區與藝術區，目前有藝術家輪流駐店，現場也提供水寫紙給遊客提筆寫字，按個人喜好選擇店裡的素材，體驗獨特商品。比方挑選客製油畫布，當場請藝術家在上面寫自己的姓名、喜歡的文字，還是畫特別的圖

位於暨崎路上的墨旅書道創意館。

偌大墨旅書道創意館的室內空間，分為體驗區與藝術區。

案，留做紀念或送人，皆是不錯的伴手禮。

到過墨旅的國外觀光客，曾經說這是在臺灣第一次跟當地文化近距離的接觸與互動，像日本的遊客會問水墨畫與西畫有何不同，也會有人好奇臺灣與日本的書法差異性在哪裡。

雖然日本也有書法文化，遊客一般不會有太多的疑問，但由於墨旅有提供客製化的服務，遇到問題的顧客仍可得到解惑。如果時間充裕的話，遊客會參加老師現場一對一的教學，體驗課程中，透過筆、墨、紙、硯文房四寶正式寫書法，由提問毛筆怎麼拿才標準、字從哪裡開始寫的問答過程裡，多了解臺灣的書法文化，而這些交流成為他們旅途中最美的回憶。

墨旅的老闆頗富深厚的文藝底蘊，選在與國際接軌，人潮眾多的山城營業，不單藉此提高九份觀光的內涵，更分享臺灣的書畫文化。

在墨旅書道創意館的對面有以前臺陽公司員工俱樂部的「彭園」。當年董事長顏欽賢把它改成有勞保的醫院，聘請彭慶火醫師至九份替礦工和居民看診。礦業蕭條後，醫院更名彭外科，一九八八年八月，彭醫師離世後停業，家人為紀念他而保存到現在。

從彭園離開，繼續往上走，我看到右側的風采館，查了資料才知道它是早期的頌德里民活動中心，三年前區公所把它翻新為具藝文氣息的瑞芳風采館。位在以石階築成的豎崎路上，招牌也沒特別的醒目，平日雖較少觀光客出入，但這裡是認識瑞芳風情的好地方。

除了能站在戶外看深澳港灣跟基隆嶼，走進室內則有導覽諮詢、中英日觀光摺頁的服務，以及展出的礦石與描繪九份山景畫作，都幫助遊客知道這個地區從淘金到觀光的發展過程。

可以有具體介紹在地風土民情的地方，不只成為九份的資產，以旅遊來說，多了一處了解山城的平臺，也是意外的收穫。

墨旅書道創意館外的燈籠。

消暑的墨香冰沙。

為紀念彭慶火醫師而保存至今的「彭園」建築。

文創的推展在近年逐步受到重視，這是來到九份遊客的小確幸。

這樣一個說大不大，說小不小的聚落，從民間到政府的相關單位，對它的推廣與走向都相當重視。舉例來說，就前陣子媒體提及在地人所關心的纜車建置而言，泰半傾向設置地面臺車，在維護環境之際，同時重現採礦時期的風華。

我也想起過去不少有關九份未來的報導，包括礦業文化的保存、土地所有權的處理，牽一髮而動全身，怎麼發展才能為居民、環境與店家創造多贏的局面，是大家所關注的議題。

不管是原本的在地風景，或外來的新增文化，甚至古早生活的復刻，我都有美好的想像，並認真期待著這些想像有被實現的一天。

位處豎崎路上的瑞芳風采館。

越夜越美麗

一年四季在九份，不管遊客的多寡，它總是兀自綻放著屬於自己的風情，提供每個人採擷不同時節立於天地間的美。

許多朋友十分熱衷去九份，形單影隻者在觀海亭獨享壯闊的海景。成雙成對的有情人，坐在石階上相互依偎，共食一碗芋圓，祈願此時不只曾經擁有，更能天長地久。恢復黃金時光的單身人，則行走於穿屋巷間，重新溫習往日的甜蜜，祝福彼此，平安幸福，無論是一個人，或者成雙。

與我相熟的朋友皆曉得，我雖然不排斥上九份，但如果沒有特別的事也不會專程上山，真正讓我下定決心去靠近，走進並認識這座山城，是因為要替它寫一本書，一本記錄九份的過去、現在、未來，屬於我個人印象中的時光之書。等我開始深入踏查，才發現以前我接觸的礦山，只是它表層的那一小部分，其實在商業與觀光之外，此地還有人文與歷史，可惜在大量的炒作下，它呈現在眾人眼前的似乎徒剩吃喝玩樂了。

我習慣一個人時造訪九份，獨坐茶坊品茗、賞景。在兩人成雙時，同撐一把傘漫步在雨中的山城。當愛已成往事，回到一個人的原點，看著基隆嶼依舊靜美地坐落於海上，是一種療癒。能在不同的感情狀態，在同樣的地方，獲得適合當下心境的風景，九份可以說是一個包容性極寬廣的聚落。

偌大夕暉渲染了整座山城，光是欣賞那金黃的，橘紅的，粉紫的光線，漸次穿射雲層，落日餘暈把天空燒到沸騰，然後再緩和地轉淡，如此豐富的光影變化，帶給我極飽足的視覺饗宴。

這時約莫下午四、五點，基山街的遊客仍多著，有的人走馬看花，也有的人像劉姥姥逛大觀園般，更多的是舉棋不定的覓食者，東家瞧、西家看，這家媒體報導過，錯失可惜，那家則是到過九份的朋友全說讚的在地老

基隆山與燈火，夜晚山城的守候，既寧靜又安詳。

店，而除了伴手禮盒能多買幾家，填飽肚子的美食，觀光客也只能擇其一兩家，每家客滿不說，大夥也只有一張嘴、一個胃，終究無法將整條街給嘗過一輪。有人乾脆將就在路邊買了車輪餅或草仔粿，邊走邊果腹，省得在一片黑壓壓的人群中被擠到動彈不得。

當白日的天光再更暗些，接著暮色就翩然降臨。基山街的人潮陸續退散，除了準備打烊的店家，路上幾乎看不見遊客，整條街道此刻成了名副其實的老街，至少是我內心深處原本對老街的印象：簡單的幾戶人家，不喧譁地生活著。只是在臺灣恐怕很難找到這樣的老街了，所以我分外疼惜此時的基山街，這是入夜之後，我感受到九份第一種鮮明的美麗。

常聽人用年老色衰形容因歲華老去而姿色衰退的光景，這也是自然界的定律，不過這句話不適合九份。從一八九二年發現金礦，四面八方的淘金客陸續湧入，即使因一九七一年正式結束開採，但轉換成廣告、電影進來了，這裡仍是媒體的寵兒，那些曾經存留的風霜，在這個礦區非但沒有銳減它的姿色，反倒增添韌性，年復一年，風韻猶存，像極了山城之夜。

穿過人牆，周圍此起彼落地夾雜著中、英、日、韓等各種語言，令人彷彿在同一個時間點置身於異國裡，一種難以言喻的奇異經歷。

依山勢而建的房屋在夜色中迤邐開來，呈示出華麗與神祕的氛圍，還有那一串又一串的紅燈籠，嫵媚地懸掛著。在大家用過晚餐後，屬於九份的美麗才正要開始。

自茶館望出去的山城，前景的樹木烘托著天邊游移的雲朵，黃色的月亮與閃爍的星眸高懸穹蒼，黑亮的夜空與明燦的漁火，令人為之傾心。晚夜，九份比白晝更為綺麗，色彩也越發絢爛，在乍看一片的漆黑裡，潛藏著濃郁的玫瑰金、琥珀與寶藍色氛圍。

紅色的燈籠，打烊的店家，老街的另外一種美麗。

路燈照亮回家的路途，一種安心的乾淨。

不遠處的燈光、海邊的漁火，陸續被燃亮起來。我看見幾位說別國話的遊客，一臉既興奮又迷戀的表情，用手上的相機不斷拍攝，迫不及待將眼下的景色收入鏡頭裡，言語中充滿驚嘆，我猜是對九份夜景的稱讚。露臺一群喝茶的人閒扯淡，說這裡很漂亮啊，九份與臺北真不一樣，同款是夜景，給人不同感覺，都市的高樓燈火再怎麼美也難以親近，山上的點點漁火像自家柴米油鹽，茶餘飯後用來做納涼話題也不違和。我想之所以造就不同的視野，應該就是鋼筋水泥與山海之間的差別吧。

坐在我鄰桌的客人，他們似乎剛走完一趟深度之旅，除了聊過去的挖黃金歷史，也說到與當地有關的俚語，我覺得形容最生動是那一句，「沒有五兩金，別想要娶親。」這句話一針見血道盡古早時礦工的辛酸。以前採礦年代的單身礦工，省吃儉用攢足五兩黃金，二兩用來起新房，另外的二兩拿去下聘，剩下的一兩付婚宴請客的開銷，只要有五兩黃金就能自組家庭。暖黃色的燈，照耀茶坊、民宅，以及熱鬧的街道，強烈對比著舊昔生活的艱困。

話峰一轉，有人說新聞報導全球的觀光景點，來過一次，就不會想再去第二次的城市，其中一處就是九份。我心裡揪了一下，這樣有著美麗山與海的城市，往昔的淘金史、現在的觀光、未來的文化之旅，皆是聚落的資產，按理來說會讓人想一來再來才是；但只要去了一次九份，就不會想再來第二次的講法，已經不是我第一次聽說了。有沒有可能，逛完基山老街，留些空檔，走往輕便路？或者，趁遊客尚未匯聚成人海的時候，漫步九份，用不趕集的心情走一趟老街，答案也許會不同。

夜晚，七時過一刻，茶館裡連我在內，僅餘三兩桌的人客，不遠處，豎崎路與輕便路傳來歡樂的人聲，大多數應該是在昇平戲院門前，看紅燈籠被點亮之後，搶拍一片喜氣洋洋，歌舞昇平的晚夜風光。

不停留過往的絢爛，珍惜當下夕陽的美好。

輯三

疊上歲月的步履

青苔在腳下的石階上寫字，歲月的步履除了重疊著時間，同時拓印出旅人綿延不絕的足跡。

三橫一豎丰

每一座城市都有迷人的地方，無論是在地采風、人文、歷史等面容，九份山城當然也不例外，姑且撇開它多金的背景，那四通八達的小巷弄，以及別樹一幟的街路名稱與地勢風貌更讓人為之嚮往。

三橫一豎丰在九份之於我而言，起初是一種半生不熟的路線，第一次聽到三橫一豎，腦海裡最先出現的就是「王」字，後來才知曉這三橫一豎總共分別代表著四條街道，三橫分別為基山街、輕便路、汽車路，以及貫穿這三條街道，一豎的豎崎路，正好形成一個「丰」字。有多少人清楚這些路名怎麼來？基山街為何又被喚做暗街仔？豎崎路那長又長的石階究竟有幾階？

對於某些來九份彷彿走自家廚房的朋友，或許我不能斬釘截鐵告訴你這幾條街道要怎麼吃怎麼玩才會到位，因無論基山街、輕便路、汽車路與豎崎路，除了美味之外，它們值得更深度的慢走和漫遊。

I、一橫，基山街

我對九份的心情略微矛盾，我應該喜歡這個地方，因為它與我的故鄉金瓜石有太多相似之處，但印象中，以前的九份卻讓我興不起前往的動力，請原諒我不客氣地說，那是因為人潮爆擠的基山街。

有人說基山街本來就是用來給人走路吃喝，擁擠是很正常的事，形同提供給汽車行駛的汽車路，總不能叫車子少一些或不要有車子。即使如此，我還是不習慣與人互相推擠的環境，所以對基山街我仍唯恐避之不及。另外，遊客僅次於基山街的豎崎路，也讓我每回經過心裡犯嘀咕，真的太多人了。現在的基山街商店林立，世界各地的遊客慕九份之名而來，走馬看花，沾染旺盛的人氣，邊選邊吃，然後帶幾樣伴手禮，到茶樓小坐片刻，再飽覽此地的山海風光，便已不虛此行。故鄉在金瓜石的我也能體會那樣的心滿意足，像只要上山，回家一趟看老宅幾眼就感覺很幸福。

據聞這一條街，有一口內外相通，水清澈見底的半邊井，只是尋了許久，究竟是找得不夠仔細，或半邊井已不存在？我尋覓多次，仍未發現它的蹤影。這一口井特別之處，是它一半在屋內，一半在屋外，主人家由屋中汲水，鄰舍就用屋外的水，朋友聽了，不僅大讚這種里仁為美的民風，也想一睹半邊井。假若能讓我尋見舊昔的半邊井，那或許將成為基山街在我眼底最美的一片風景。

只是大部分的外來者，應該多數不曉得在我的回憶中，以及懂事後所聽聞的那一條純樸的九份老街。在我的印

在基山街偶遇人家刷瀝青，罕見的當地風景。

柴米油鹽醬醋茶以外，輕便路上也有生活的閒逸。

象裡，以前基山街像一個小型的市中心，包辦著礦山人的一生，大家也都守望相助，尤其聚落女性非常辛苦，經常家中的米糧提早用盡，而丈夫又尚未領餉，她們只得先去向左鄰右舍借醬油、鹽巴等日常所需，等到領工資那天再買去還鄰居，而大夥也總熱心地出手相助，同時不忘請對方，一點舉手之勞無須放在心上。

有一次跟三兩摯友介紹老街，我說，這裡是暗街仔。他們問，嘿，為什麼是暗街仔？有關這暱稱的說法不盡相同，有人說因日據時代，當地的夜晚歌舞昇平，熱鬧非凡，而「晚上」用閩南語講是「暗時」，暗街仔指的是夜晚的街道。也有人說早期基山街沒電燈，一到晚上就格外暗黑，故被叫暗街仔。

只是我個人比較喜歡另外一種解釋，它的講法是這樣，當年街道兩旁有好多的店家，或雨或晴的天候令人捉摸不定，店家只得接二連三地搭起棚子遮蔽，晴天遮陽，雨季擋雨，就那麼形成了陰暗的巷弄，就是人們腳掌所踏之暗街仔。

Ⅱ、二橫，輕便路

熱鬧卻不算太嘈雜的輕便路，成為現在我與朋友到九份一定要來的所在，去水心月茶坊喝過了茶，就沿途一路閒逛。

早年的輕便路，無論之於內外，皆為連結交通的要道之一，熱鬧程度不亞於基山街。這是一條早年提供輕便車走的街道，也是一條並不那麼具九份的現代感，卻真實存在九份的道路。雖然近年來這裡的遊客有開始增加的趨勢，可是它竟能讓人走出與基山街不同的風貌，讓我感動得訝異又驚喜。

站在輕便路上會望見一〇二縣道兩旁的住家遍布整座聚落，這些依山勢層層疊疊的建築，相互依偎的房舍為九份特色，也因此當地有句俗語說，你家的屋頂就是我家的陽臺。

駕輕就熟地行駛在汽車路上，迎風飛翔。

通常坑道出現的地方，泰半會設置輕軌往坑口的東與西方向延伸，東側從基隆山方向到金瓜石，西側則行經頌德公園至流籠頭。

五番坑公園的廣場前有一個小平臺，登上階梯就會看到壯闊的海景，聽說這個位置本來是公廁，無意間被遊客從此地拍到了一張漂亮的照片，在網路瘋傳，後來公廁就改建成觀景臺，讓大家在這裡拍照、打卡上傳。

Ⅲ、三橫，汽車路

川流不息的汽車路，在九份的四條主要街道中，是我最不了解的道路，只能按其字面顧名思義地想八成是給汽車走的路吧，查了資料，從前真是從基隆到金瓜石的基金公路。

在清朝便已闢為行人道的汽車路，日治時全線又被拓寬成砂石路面，歸為保甲路，起先的路基僅兩公尺寬，汽車難以通行，一九二四年，瑞芳到金瓜石路段開設完工，助益了金瓜石與九份的金銅礦發展。一九三七年，開通能讓汽車順暢行駛的自動車路，也改變了此地的運輸。

臺灣光復後，這一條路才被改為汽車路，屬於縣道一〇二號線，瑞芳至金瓜石路段稱做瑞金公路。一九四八年，從基隆經九份再至金瓜石，還有瑞芳經九份再至金瓜石等路線開始營運，自行開車上山者也日益增多，汽車路順理成章地變成九份對外的交通要道。

Ⅳ、一豎，豎崎路

有別於其他三條橫向街道，豎崎路為當地的直向道路，這邊有許多視野很棒的觀景茶樓，包括遠近馳名的阿妹茶樓也在此，那一連串喜氣洋洋的紅色燈籠，以及絡繹不絕的遊人，不管白晝或黑夜都是它一大特色。

行經豎崎路與走在基山街有個共通點就是，除了強健的腿力，還得具備良好的耐性，不然走到一半，前推後擠的人潮鐵定讓人發脾氣。我喜歡豎崎路勝於基山街另外還有一個原因，是由於那支經典的伯朗藍山風味廣告，清晨的豎崎路，一位年輕人站在石階上，優雅地喝著咖啡，文青特質對比山城朦朧之美，成功地把九份的風情呈現在觀眾面前。

聽說豎崎路以前叫保甲路，後來日本人看見這般筆直的地形就把它改名為豎崎路，把這一條路拓出三百六十五階的石梯，強化著代表年年有餘，也象徵每天都能採到金礦的願望。

自下往上行，走過汽車路、輕便路、基山街這三條餐飲與藝品等商家林立其間的橫向道路後，來到綿延地貫穿這三條橫道的豎崎路，花些時間沿長長的路坎仔走，雖對平常不運動的人來說，爬這一長串的石階會有些吃力，但當爬過一段石階，買碗道地芋圓到九份國小找階石梯就坐，看一階又一階的石階，那種把一片山串為整座城，如織的遊客在其間，捕捉各自動心的畫面，不僅讓腳痠的感覺一掃而空，且會迫不及待地想將此美景分享給親友。

初來乍到九份者不必擔心被錯綜繁雜的巷道弄得眼花撩亂，簡單地說，記住三橫一豎「丰」字形的口訣，就能輕鬆地閒逛山城。

但願年年有餘，天天能採到黃金的三六五階豎崎路。

速記輕便路

首次來到輕便路是在十多年前的一次採訪，彼時我還不曉得它的路名，只感覺路幅雖不寬，但走起來卻十分舒服，沒有基山街的擁擠，也不像豎崎路的喧譁，就是乾乾淨淨的一條街道，路上即使出現慢行的居民與零星的遊客，這裡的本質仍屬安靜。直到認識陶藝家朋友，我才知道輕便路這個名字。

畢竟有幾年的時間沒有仔細走讀輕便路，說不上來好像有什麼地方跟以前不一樣。經陶藝家朋友的說明，才察覺現今的九份與十幾年前差別在歐美、瑞士、加拿大、東南亞、印尼、菲律賓等外國觀光客增加，過去泰半是日本、馬來西亞、新加坡的遊客，但那時人們的消費能力十分旺盛，如今的消費意願則較薄弱，以前整條基山街賣的是草仔粿、芋粿巧、芋圓等吃食，現在多了皮包、茶葉等伴手禮，民宿也多了不少。

近幾次到九份，覺得產生最大變化的莫過於店家如雨後春筍般林立的輕便路，一些旅行團也陸續改走這條沒那麼多遊客的小路，選擇避開擁擠的老街。陶藝家說一直以來，輕便路都有當地人在走，只是約莫十年前有單位與輕便路店家聯合推廣九份藝小路的活動，鼓勵藝術創作者美化街道空間，彼時的網路、書籍開始大量介紹原本低調的小路，這應該是輕便路大量曝光的主因。

再來是有些知道輕便路的導遊，直接將旅客帶往輕便路，當時這裡店家還沒那麼多，只有幾家具特色的店，像理髮店、花店、手作坊等；這兩年來輕便路人潮雖然增加，可是與基山街相比較不擁擠，有些商家乾脆就朝這裡發展，導致店面大量開張，大家像有默契般覺得輕便路的氛圍必須有別於基山街，而且應該朝文創層面發展。

在老街找不到適合攤位的店家嘗試在輕便路賣小吃，卻發現效果不彰，他們形容基山街彷彿「武市」，而輕便路則偏向「文市」，各有千秋，這些入駐輕便路的店家非但沒干擾它的平靜，反而讓這裡吹起文創風。

輕便路，路若其名，走起來步履輕盈，非常適宜散步。

輕便路，路若其名，走起來步履輕盈，非常適宜散步，相較於舊道口的老街真是十分不同，在這裡看山，吹風，聽海，自有一番天寬地闊。

走在早晨八點多的輕便路，幾名運動的居民，長滿苔蘚的石牆，清冽的山泉從石縫中流洩而出，茶仔葉兀自開遍角落，一位騎摩托車的女孩減緩車速，熱情地與婦人互道早安。這是輕便路一日的起頭。

中午一過，就有頭頂日照，拉著菜籃車的歐吉桑沿路重複地叫賣：「茭白筍，好呷誒來囉，緊來買哦！」

到了黃昏，如織的遊客各自尋妥欣賞日落的位置，將美麗的夕陽收進鏡頭裡。待稍晚紅燈籠一被點亮，人潮便移往昇平戲院的方向去欣賞燈籠海、街頭藝人表演，其間有各國旅人講著不同的語言，好不熱鬧的天涯若比鄰。看過燈籠，再找家小酒吧淺酌，靜看遠方的點點漁火，沉澱一天的塵囂。通常在這樣的時刻，陶藝家會懷念起舊昔的輕便路，記得一九七八年，輕便路比現在有趣得多，好多的撞球間、銀樓，彼時昇平戲院還有上演舞臺劇、電影，那時雖然金礦已經停採了，但她的童年仍滾燙著。

聽陶藝家說起每次朋友來訪，假若雙方時間許可，她總要盡地主之誼，安排一場輕便路小旅行，跟他們介紹這裡的環境，從巷弄、階梯、建築，輕便路上有幾條小巷弄頗具當地特色，有些甚至藏著幾家文創小店，走進去有時還可挖到寶。一般人覺得開店要往人潮最多的地方去才能賺錢，因此不住地往基山街擠，但巷弄自有它的機會。

如果遇到有特色的商號，陶藝家也會特別介紹。我對輕便路的幾家店皆是由於她才了解，這條路上的店家大多開放參觀，從街頭到巷尾，有琚九屋、喝咖啡看風景的九份溫莎堡民宿。中段有許多花草盆栽的藏花小集，往後走是以集石頭、陶藝、木頭等雕刻作品見長的石話。

附近有一家經營悠久的阿婆理髮廳，路過時會看到理髮師陳楊美代阿嬤踩著厚底鞋，認真地替客人理髮，也提供掏耳朵的服務。來光顧者許多是舊識，有些家庭，甚至三代的頭毛都在此整理，大家用行動繼續支持著這家見證九份歷史的老店。聽說當年礦工最流行的髮型是西裝油頭，在九份淘金的巔峰時代，平均一間理髮店有五、六位師傅，光是基山街上便有約莫五、六間，而現今九份僅存的剃頭店就剩這裡，與過往相比，令人不勝唏噓。

再過來是昇平戲院，往上走可以通至豎崎路，往下則有做石頭彩繪的亨利屋。

參觀過百年歷史的九份茶坊，在獲評為模範建築的水心月茶坊品嘗完茶席，再往後走到九份最容易親近的五番坑，用手輕撫坑口之際，猶能感受其上的紋路與溫度，也令人遙想採金盛年礦工的艱辛。

再走一段路過去是頌德公園，聽說以前這裡零光害，是大人談事情與年輕人約會的好地方。頌德公園也稱為顏雲年紀念公園，內有一方石碑，是礦山業主與文人為感謝顏雲年對當地付出而拓立的石碑，可惜上面的文字已模

歷史悠久的阿婆理髮廳。

糊，無法辨識，公園裡有些雕塑，多為一九八七年外來藝術工作者的作品。公園前面的觀景臺更是遊客賞景、攝影的好地方。

從頌德公園再往後走過去，可以看見一個天然形成的磅空口，有陽光的日子，磅空口的美麗意境堪比世外桃源，而遇到起霧時，會讓人有種穿越時空的感覺。

眼前的輕便路，無論過去的印象，或現在所見，皆宛若一條悠緩流動的河，洗去諸般鉛華夢之後，重現山城的恬美。

閒話家常的居民，值得用心呵護的幸福。

俯瞰五番坑。

平日的頌德公園。

基隆山印象

忘記之前爬基隆山是什麼時候的事了，也想不起來當年爬基隆山的感覺，但我記得長輩跟我說過基隆山這個名稱的由來，聽說是因為山的形狀長得像養雞的籠子之故，也因此在我的記憶裡，基隆山的名字起初的寫法是「雞籠山」。

搬到臺北後，課堂上老師額外補充小常識，那時我才曉得基隆山是金瓜石與九份的分界山，用來區分兩個聚落的礦權，基隆山以東的礦權屬於金瓜石，基隆山以西的礦權則屬於九份，日治時，由日本臺灣總督府所劃分，也各自發展兩邊不一樣的礦區風情。

從九份與金瓜石看基隆山，讓我有蘇軾「橫看成嶺側成峰，遠近高低各不同」的感覺。由九份方向望去的基隆山，形狀是高聳的山峰，而高低起伏是在金瓜石看到的形狀，無論怎麼看，它在我心底皆為一幅漂亮的風景。

今年春天回金瓜石，遇到在地導覽員，我們聊起基隆山。他興高采烈地跟我分享爬基隆山的難忘經驗，原來他在讀國小時就攻頂基隆山了，這讓度過而立之年才正式曉得登山的我欽羨不已。

彼時，他還是小學生，有次週日早上七、八點，穿著球鞋的姑姑與姑丈帶著小孩經過門口，看見他就問說要不要一起去爬基隆山？二話不說，他也沒特別去準備登山時會用到的水、乾糧等基本配備，穿著拖鞋就跟著去。從住家附近的山尖步道開始走，尾隨大人的步伐，小孩子活力十足，臉不紅氣不喘，途中略做休息之後，一行人很快就抵達基隆山頂。

從未站在那麼高的地方觀海的他，看到九份、金瓜石、鼻頭角，甚至連冒煙的深澳發電廠也看得到，那樣壯闊的景色讓他驚豔。當下的震撼難以形容，加上當年基隆山頂尚無欄杆的限制，遊客可以一直走到芒花底下去看更無

風光明媚的山城，背後藏著幾許蒼涼？

敵的風景，這更提高囝仔的探險欲望。

在孩子的心底，當年大人眼中的基隆山是最高的山，居然被自己征服了，有極大的成就感，他整天的心情十分歡喜。

下山的路既輕快又雀躍，與上山那種帶有目的性的感覺不同，記得當天中午左右就抵達家門的他，他說長大後有空時也會去爬基隆山，只是已經跟幼年的期待不同，彼時純粹抱著跟大人去玩的心情，而現在去爬山是為了運動。

我聽早年爬過基隆山的朋友說，基隆山主線步道從登山口到山頂的途中，會經過四座涼亭，提供給遊客歇憩；但我這一次沿路爬上山，只經過了三座涼亭，第一座與第二座涼亭大概距離十五分鐘，從第一座涼亭的所在地，就能看見前方不遠處的第二座涼亭，到了第二座涼亭再往上爬一刻鐘左右就能抵達山頂上的第三座涼亭。

現在爬基隆山體力雖不如從前，但所幸平常有在運動，爬起來不至於太吃力。從入口處就看到一路向上延伸的石階路等在前方，沿途的杜鵑花左擁右簇夾道歡迎，這條基隆山登山步道，沿山稜直線攻頂。石階步道非常陡峭，好在石階與石階縫隙間長出悅人眼目的小花嫩草，令人暫時忘卻汗流浹背的辛苦。

雙腳一步一步踩踏向上走，越爬越高，視野逐漸遼闊。好不容易來到第一座涼亭，回顧九份，聚落已在腳掌下，稍做休息後，繼續向上爬去，隨高度越來越高，九份的地圖慢慢縮小，而在另外一側山谷的故鄉金瓜石也逐漸呈現在我的視線內。

基隆山位於山與海的交界處，右看山，左觀海，感覺天地人合而為一，眼前三六〇度的視野環繞，本該能清楚地眺望金瓜石與九份的聚落；可惜天候欠佳，整個山海風光被霧靄籠罩著，周邊又圍了欄杆，無法再稍往前擴大視角，加上芒草高長，眼目所及景致十分有限，但就算如此，攻頂後心境仍宛若老鷹翱翔於天地之間般壯闊。

上回和朋友登基隆山，站在此地，面對眼下的金瓜石、九份景致，她說雖然大家都覺得聚落的風景很漂亮，事實也的確如此；但不曉得為什麼每次看著這片土地，即

基隆山步道的指標。

使風光明媚，心中仍有一抹難以言喻的悲傷。我想那是這裡的歷史與礦山的背景脫不了干係，夢想一夕致富卻客死異鄉者頗多，生與死都在金礦的牽制之下，無怪不管晴或雨，此處總難掩淺淺的哀愁。

想起謝鴻文創作臺語詩歌〈願〉的歌詞，「願貧窮與悲傷／離開咱的心中。願盼望與喜樂／永遠恬咱心中」。我虔誠祈盼，這首詩歌成為這塊土地的祝福。在山頂約莫停留半個鐘頭，順著原路走下山，從筆直的石階步道往下走就會回到老街附近，下山較為輕鬆，沿途涼風迎面吹來，整個人宛若凌駕於聚落之上，鳥瞰整座山城，念天地之悠悠。

綠盎的山頭。

樹蔭下的步道。

重見往日

金鰲勳導演《八番坑口的新娘》，這部在一九八五年上映的電影，於九份實地拍攝，八番坑口曾為九份的採金區，也是戲中女主角丈夫喪生之地。

看完電影之前，我未曾到過八番坑，也從沒想過一睹廬山真面目，直至聽了從九份回來的朋友說他去了八番坑，八番坑被形容是九份當地原貌保存最好的礦坑。然後我又看見旅遊資訊大力地推薦八番坑，也就想有空時一定要上九份看看這個礦坑，不過這一耽擱就是十多年的光陰過去了。

位於臺陽停車場前方，面朝九份食樂餐廳的右手邊方向，之後再向左拐兩個彎，簡單來說，在餐廳的正後方，就是八番坑位置的所在地。

很多遊客行經汽車路時，幾乎沒有人會聯想到幾公尺外的下方處，就是臺灣曾經出產最多黃金的八番坑，據聞彼時，一日的產金量近兩千兩。如果搭乘客運上山，就在九份派出所站下車，走過派出所下方的臺陽礦業事務所，從它旁邊的馬路階梯往下走一小段路就可抵達。

沿著長長的鐵軌通往八番坑，行經繪有三幅礦工運礦壁畫的牆，坑口兩側長滿青色苔蘚，這座堅強屹立在此，由安山岩砌成的百年礦坑，礦坑口的石匾刻著「八番坑」，左方落款處有「明治三十三年開」的字樣，當時是西元一九〇〇年，臺灣的日治時期，許多沉睡的金礦還等著被喚醒。

從坑外望進礦坑內，能清楚看到一部老臺車停放裡面。坑口上方的斑駁紅磚、坑外盤根錯節的榕樹根、地面兩條荒廢的鐵軌，在在顯出它經年累月的風霜之美。然而，個人深感唯一美中不足的是紅磚地板，使得未經人工整修前的滄桑不復見。

「明治三十三年開」的八番坑，至今彷彿仍深情地呼喚過去的逝水年華。

我來到另外一個較多人曉得，與八番坑的隱蔽不同，位於昇平戲院後方，輕便路上的五番坑，不管在位置或能見度上，它都比八番坑來得平易近人，無須耗費太多的心力去尋找。

一九二七年開鑿的五番坑，原先由日本人負責，當時藉著高空輸送管連接至山下的搗礦場，處理坑口運出的金礦土，坑口前設有輕便鐵路。據聞五番坑除了黃金，也有品質不錯的無煙煤。一個礦坑同時出產金礦與煤礦的機率非常低，這是五番坑特別之處。臺灣光復後，五番坑改讓九大公司承包業務，直到礦山全面停採，過去運載礦石的輕便鐵路已被剷除，礦坑一併封閉。

五番坑口前的空地，後來整建為五番坑小公園，天氣晴朗時，人們可以在這裡歇腳、閒扯淡，看漂亮的景色，這是它優於八番坑之處。

另外一個提及九份的採金歷史不能被遺漏的就是坐落在一〇二縣道附近的小金瓜露頭，因岩嶂起初宛若南瓜（金瓜）的形狀而得名，為了與金瓜石本山區別，特別用「小金瓜」來稱呼它。

八番坑的內部到處可見時間的痕跡。

由於八番坑的位置較隱密，也因此罩上了一 層面紗。

從欽賢國中步行約莫半小時就能望見這個金礦的發源地，只是從遠處望過去，岩嶂形狀比較像河馬的頭。走過一段石頭路爬上山與它近距離接觸，發現露頭上有兩個洞口，有著明顯被開鑿過的痕跡。

天空有四隻老鷹飛翔，搭著小金瓜露頭的原始背景，有種天地蒼茫之感。從這裡能看見對面的基隆山和無耳茶壺山，遠眺九份與金瓜石聚落，風景非常壯麗。能來到這裡的觀光客並不多，我忙著尋找美麗的石頭之餘，還得幫忙遊客合影，順便聊及小金瓜露頭的歷史，那要追溯至一八九三年，淘金客沿著大粗坑溪與小粗坑溪合流處尋找金礦，在山頭發現小金瓜露頭。

聽說起初發現小金瓜露頭時，金礦蘊藏量豐富，外觀就像是小南瓜，只是經過長期露天開採而變形，形狀才由原先的南瓜變成了現在的河馬頭，變成了現在的河馬頭。剛開始看見小金瓜露頭的照片時，一度瞧不出來這裡究竟哪邊長得像河馬的頭，等親自來到了現場，才曉得不能靠露頭太近，必須要保持適當的距離，才能看出它的河馬頭形狀。

「萬兩黃金一首詩，輕重難言俗人知，黃金採盡詩名在，始信千秋勝一時。」記得曾在九份經營民宿的燦哥念過這樣的臺語詩，道盡錢財與文化輕重拿捏的不易。

從早期用幻燈片向外地人介紹九份歷史，到後來經歷商圈的觀光化，他回憶起當年礦山的店家只有柑仔店，和中午過後就收攤的阿雲魚羹，遊客沒地方吃東西，無意間發現豎崎路有賣芋圓，也打開九份芋圓的聲名，而九份除了魚羹與芋圓，其實早年已經有地方人士為藝文投入過心力。

填飽了肚子，精神食糧也不可或缺，為延續礦山文化，燦哥也曾舉辦「我愛九份寫生比賽」，分西畫、水墨與水彩三項組別，關於當地的優秀作品被發掘，即使後來這項活動並沒有持續下去，但也替彼時的山城塗上一抹亮麗的色彩。

經過長期的開採，昔日的小南瓜變成現在的河馬頭。

時序走進了二〇二〇年，我佇足在已不再挖礦的現代新九份，試圖搭乘時光機回到過去採金蓬勃的老九份，小金瓜露頭、五番坑與八番坑等坑道裡外，探尋那些忙碌開鑿、運礦的身影，以及燦哥聊的往事，在整個山頭頻繁地來往穿梭，當時的礦工為三餐圖溫飽之際，一定沒想到經過數十個年頭之後，自己那些開鑿的痕跡，日後也寫成九份歷史的一頁。

那麼，處於這新與舊世代交替的過程中，我又扮演著什麼樣的角色呢？再過十年，甚至更久的以後，在曾經是走馬看花的觀光客以外，我是否也有機會挖出這個地方的文化礦產，然後看它造就出更高層次的風景？

遙想過去的開採盛況，小金瓜露頭、五番坑或八番坑，甚至其他的礦業遺址，我珍惜踩踏的每一寸土地，在我心裡這些皆是貴重的寶藏。

小金瓜露頭的木質指標。

岩壁上滿布開採的鑿痕。

小金瓜露頭是當年九份發現金礦的地方。

慢漫小粗坑古道

喜歡九份的朋友請我推薦私房景點，而且希望最好是不會有太多人潮出沒的地方，對於今年多次上山的我而言，私房景點不成問題，不過要找出沒太多人潮這個條件，倒是讓我花了一些時間去想。

當收到我的回覆「小粗坑古道」時，朋友對這個答案顯然感到訝異，他以為我會建議輕便路，我說輕便路有繽紛的人間煙火，因此改推生態豐富的小粗坑古道。

憶及初次步行小粗坑古道，就被它的古意所吸引。從頌德公園旁入口步行至侯硐，全程約二點五公里，沿途有木樁路標告知遊客當下行走在古道的幾公里處，清楚的指引圖，加上那次有帶登山杖，還有隨身陪伴的音樂，使不熟悉路況的自己安心不少。

一開始踩在腳底下的是長串水泥階梯，向上行走一段路會經過一座涼亭。沒多久，腳下的階梯轉為枕木碎石路。置身樹林裡，早晨的陽光穿過枝葉，我放慢步伐，讓雙腳的壓力稍微減緩。兩旁蕨類、樹木豐富，蝴蝶飛舞在林間，這一段步道走來輕鬆，景致幽美。

步行這一條古道，不知為什麼有種向前走之際迷迷糊糊，回首來時路卻清清楚楚的感覺。前方，冬陽下的基隆山透著清明的美，安靜坐落著的基隆嶼不打擾地陪伴像我這類不是職業登山客的遊人，古道走起來愜意且不孤單。

木樁路標指示數百公尺處，有一條往電塔的右岔路，不去看電塔的人，理所當然選擇繼續直走。我從芒草區山坡間爬上鞍部，查看手機資訊，螢幕顯示這裡已是小粗坑古道的最高點，此地設置了幾張讓遊客歇腿的木椅。

既而回想小粗坑古道從頌德公園起步，走到尚未五百公尺，已明顯感到汗水溼濡了背部，我回頭欣賞對面基隆山的起伏身形，鳥瞰深澳灣，雖還沒走完全程，但已有些微的成就感。

走在蓊鬱的小粗坑古道，沿途盡是豐沛的植物生態。

現今人煙罕至的小粗坑古道，聽說早年曾被視為舊金山，也為礦業大亨的發跡地，與九份、金瓜石，以及侯硐的礦業連成一線，其地位之重由此可見。可惜採礦風光不再，小粗坑聚落徒留廢棄的校舍與人去樓空的房子，我試圖想像當年學生在這裡上課專注聽講，下課盡興玩耍的情景，但盛年已遠，我的腦袋無從拼湊起那些吉光片羽。

沿途偶爾佇足望向蔚藍的海洋與青翠的山巒，分散登山步履越發吃重的注意力。我大口呼吸清新的空氣，迎著風，張開雙手，像一雙翅膀，想大聲歌唱，乘風飛翔。

耳機裡的音樂不知何時正好換上一首我好喜歡的歌，那是張韶涵主唱，詞曲由王雅君創作的〈隱形的翅膀〉，除了歌手堅定的唱腔，最讓我感動的就是其中幾句歌詞，在高山上聽這一首歌，格外讓人覺得天寬地闊，沒有去不到的遠方，也沒有成就不了的夢想，更沒有度不過的難關。

依稀想起某年某月的某一天，接連遭受了許多波的情緒勒索，礙於有些壓抑的個性，我只能選擇生氣，不敢飆罵發洩。那時，好像也是剛走過小粗坑古道回來沒多久，本來完好的心境，全被阿雜的人事給破壞了。

「有必要接受那樣的情緒勒索嗎？」N問我。是啊，我何必接受莫名其妙的情緒勒索？人與人之間，合則來，不合則散，誰都沒資格去支配誰的主權，虛懷若谷與鋒芒畢露何者為佳？各有其定見，就如白雲飄過，大山依舊安然矗立，並不隨之移動。

假如我有古時所羅門王的智慧，或許就能剛強與對方理論；可惜我沒有，只求盡量避免爭吵，沒想到反而作繭自縛，無法突破重圍，最煩惱的是整件事分明不是自己的錯，卻被硬說成沒同理心，解釋後換來更多誤會，不管怎麼做都進退維谷，彷彿除非妥協，不然短期內不得平靜。

我，究竟是招誰惹誰啊？誰規定孩子手中的糖果，一定非分給大人吃不可？那幾天，好在有N，藉由電話，透過訊息，無條件，甚至通宵達旦傾聽我的心事，給我建議。我感謝上帝，在這個大家對負面情緒避之唯恐不及的時代，為我預備這樣的好夥伴，此般陪伴像一雙隱形的翅膀，讓沉重的心情得以乘風飛翔。

後來我發現，N的名字本身就是一種祝福，恆長安靜，給人心安的力量，像小粗坑古道帶來的翠綠。下一次，我會邀請N一起遊賞小粗坑古道之美，作為由衷的感謝。

我把音樂重新播放，這首歌多次陪我走過低潮，聽著一字一句的歌詞，忘記爬石階路的辛苦。往前行，在木階後面是一小段陡坡，看得到小粗坑聚落遺跡，走過比較平緩的山路之後，又有上坡的石階路，行經鐵橋，總算抵達侯硐小粗坑古道登山口，途中偶遇的木頭樹幹電線桿，見證古道在日治時代有過的況味。

慢漫小粗坑古道迄今，縱然已有數把光陰，那記憶了年華的一石一階，卻時常浮現眼前，儘管恣意生長的青苔難免令人略感滄桑；但在沿途中，書寫著綿延無盡的思古幽情，卻成為人生行經高山低谷時的安慰，日久彌新。

祈願小粗坑古道依舊吞吐著天地間的深情，也祝福朋友的小粗坑之行，能裝上一雙隱形的翅膀，有比我更多出乎意料的收穫，超過所求所想。

小粗坑古道的入口，歡迎登行。

穿屋巷後的景致

你知道九份嗎？當然囉，現代人有誰會不曉得這一個被媒體炒到紅透半邊天的美麗山城。老街、芋圓令人再三回味。

嗯，再來，你去過九份嗎？這恐怕也是多此一問，只要喜歡包山包海景觀者，有何人沒去過九份呢？對吧。好的，我明白了，那麼，允許我再請教一個問題，你覺得九份最棒的景色是什麼？嗅，應該是在觀景臺欣賞落日吧。這樣啊，可是淡水的夕陽不也十分美麗嗎？頓時你啞口無言。呵，別擔心，我不是故意找碴，只是好奇九份在你心裡的印象。

然後，我想說的是，這個山城之於你我，著實有著不一樣的面向。除了你所熟悉而其他城鎮也有的美食與景色外，現在我還想帶你來看一看這裡罕有人知的聚落景致，那是可以縮短我們在山城往來此處至彼地時間，獨特的穿屋巷風光。

由字面上來看，顧名思義，穿屋巷就是通過人家房宅的巷子，前、後門連接不同的路，有點類似現代搭乘貓空纜車，能從動物園直達貓空，又好比穿越捷運出口的概念。透過穿屋巷不僅可以體驗在地人的生活空間，也能避開熱門道路擁擠的人群。藉由它，我們如果要從基山老街到輕便路，就不用消耗大把的時間費力地走上長長的一段路，起碼節省一半左右的時間，讓人輕鬆悠遊這座偌大山城。

九份山城的房子依山勢建蓋，泰半都是兩層以上的樓房，頂樓大門或在街上，底樓後門或在巷弄，平房的正門或位於大街，早年，不想繞遠路者會跟鄰舍借路，從別人家客廳或臥室去到另外的一條街道，我有機會經由你家，你也有機會路過我家，誰都沒有被打擾的問題，有時碰上用餐時間，屋主還會客氣地說：「鬥陣食飯啦。」在我心

穿屋巷就是通過人家房宅的巷子，前、後門連接不同的路。

夾在兩邊房子間的穿屋巷，現今仍是九份常見的風光。

裡，這才是真正所謂的「穿屋巷」景致，但此番風情幾乎已消失，現在還看得見大部分是不會進去民宅，而直接穿越屋底的巷弄。

穿屋巷的形成據說是早年在採礦的九份人煙稠密，大家於是想出了設置穿屋巷的辦法，用來錯開居民與主要道路間的大批人潮。按各自的特色大致歸分幾種，一為穿過住戶之下，另外是藉由階梯連結兩條主要道路，還有一種為夾在兩棟房子間的巷弄。

不管哪一種穿屋巷都是小孩子玩捉迷藏的最佳選項，經常從白天玩到傍晚都還找不到人。據聞如果真實上演官兵捉強盜的時候，只要逃犯跑進九份的巷弄裡，大部分的警察就無奈地放棄追捕，起初聽到這種說法時，我不太懂官方先認輸的理由何在，犯人跑到巷子，不就等同自投羅網，應該要乘勝追擊才對啊，之後才知道在正常情況下，竊賊躲入巷弄內時，確實像踏破鐵鞋無覓處，得來全不費功夫，看似正好將他逮個正著，但當每條巷弄皆相通之際，在說大不大說小不小的山城，警察根本無從確定犯人逃躲的方向，遑論是把他們緝捕歸案了。

聽說九份有許多的穿屋巷，有上九份的時候，喜歡幽靜巷弄的我總習慣去尋訪這些穿屋巷，只是並非每次都能順利地找到不同的穿屋巷，有時，找了老半天還是沒結果，同行的朋友會建議我放棄，「不過就是巷子啊，到處都有。」一面對這樣的勸阻聲音，通常我選擇一笑置之，因為根據經驗法則，我曉得等找到穿屋巷之後，他們會發出「哇！」這樣的驚呼聲，喧鬧的老街與安靜的暗巷，雖僅有咫尺之隔，卻有明顯不同的感受。

走入暗不見天日的穿屋巷，有進到祕境探險般的刺激，縱使沒有伸手不見五指的誇張，也不會迷路，但也沒人敢把握前方的出口會通往何處。在九份，橫向道路有四條，從上到下分別為：九份國小銜接基山街的崙頂路、舊道口到大竿林銜接輕便路的基山街、包括昇平戲院與頌德公園在內的輕便路，以及從瑞芳一路延伸向上至隔頂的汽車路。除了由縱向的豎崎路銜接這幾條橫向的路之外，其間尚有剩餘的巷弄分布，以基山老街來說，光向上或往下走，能抵達其他地方的巷弄，就超過我們想像的多，也大多為穿過民居屋頂或地下室的祕徑。我個人親自踩踏過的幾條穿屋巷大致如後所述。

首先是「芋仔番薯」，它的類型屬於通過住戶之下的穿屋巷，仿礦坑設計的巷弄，每當穿越其間都宛若進出坑道，有今昔時空交錯的恍惚，據我的觀察，設有燈光照明的「芋仔番薯」應該可以算是幾條穿屋巷中最夯的了，不只遊客眾多，行走時得彼此禮讓、錯身而過，有時甚至得排隊進入，而巷弄中被用立可白塗寫了各種圖案與文字，也像另類的塗鴉藝術。

再來是隱藏在基山街一七五與一七七號之間的穿屋巷，站在入口處可見小小的洞外天光，陡長曲折的甬道，幸好巷內有裝設感應式燈具，否則恐怕寸步難行，穿出狹窄的屋巷後，再向左走，往上抵達崙頂路上的九份國小，朝下走即是知名的阿柑姨芋圓。

還有兩條位置相對特別的穿屋巷，其中一條是自基山街一四二號的九份茶坊大門進入，左轉步下木製階梯，經過藝術館右轉，到岔路口往左邊走到陶工坊，從右側走下樓梯，之後直接通到輕便路的水心月茶坊。另外一條是在基山街一〇六號，施家民宿旁的穿屋巷，走過民宿，行經窄巷，左邊通到市下巷十八號的芋仔番薯茶坊旁，穿過去即是豎崎路；假若從民宿窄巷直接往下穿越隔壁屋，則通往豎崎路，途中還能觀賞到壯闊的海景。

以上這些穿屋巷，我自己最常走的也是芋仔番薯，除了它迷人的礦坑設計外，巷弄明亮又安全，坑道頂層還有軟質地的貼心「防撞」設施，個頭較高的遊客萬一不慎迎頭撞上也不太會受傷。

遊走穿屋巷，身處舊城鎮的氛圍，也感受礦山的巷弄風情，更有與油毛氈黑屋頂不期而遇的驚喜，這是走穿屋巷的收穫。經常，行經緊挨著旁邊房頂的穿屋巷，我一度有重回孩提與同伴玩跳屋頂的錯覺，那是鄰居間互通有無的親切感。

假若你問我穿屋巷的共同特色，我想用「山窮水盡疑無路，柳暗花明又一村」來形容，那種走過狹長、陰暗甬道後，乍見洞口天光的驚喜，若非身歷其境，實在很難真確地體會。

「山窮水盡疑無路，柳暗花明又一村」的穿屋巷。

從流籠頭到流籠腳

行經昇平戲院，踩踏輕便路，過去此地有鋪設銜接流籠路的輕便鐵道通往山腳下，是當年九份居民十分重要的路線。

穿越磅空，坑內沒有抹上水泥，岩壁不停地滴下水來，這是一個很原始的磅空，小心地穿過磅空後，彷彿進到另外一個時空。從這段路開始差不多就要進到流籠路的範圍了，路的兩旁僅有零星民宅，往前步行沒多遠會來到一條由流籠路古道所翻修，石階鋪得很整齊的觀光步道。

早期流籠路是一條輕便臺車道，設有運輸人力跟物資的流籠，因此又喚做琉榔（源於「流籠」的諧音），從流籠腳至流籠頭的路段十分陡峭，當時得以機械拖行，於流籠頭與流籠腳皆設機械絞盤，再透過此鋼索去拉動臺車上下坡。

這裡本來是瑞芳往九份的主要山路，以前九份的居民要去瑞芳，必須從輕便路的舊道口臺車站坐輕便車去聚落外的流籠頭搭流籠，往下滑行至瑞芳外的流籠腳，然後以步行方式至瑞芳。

一九三〇年代，九份的淘金正盛，礦山人口增加，豎崎路無法應付對外運輸，臺陽礦業公司的顏國年成立瑞芳輕鐵株式會社，建置瑞芳輕鐵金瓜石線，在一九三一年通車。

這條過往被當地人稱做輕便車仔路的輕便鐵道，到了一九五四年，汽車路替代了交通，舊的鐵道被拆除，路基改鋪柏油路，為記念昔往輕便鐵道才取名「輕便路」，而較陡的流籠路段不適合做平坦的馬路，所以整建成琉榔路觀光步道。

釘畫家胡達華寫過一首〈輕便車伕〉的歌詞，收錄在高閑至《老九份之歌》的專輯，字裡行間流露著傳統老

沿長長的石階一路往下行，從流籠頭走到流籠腳。

九份與礦山文化。

輕便車真能走　載人載貨是算算哮
落嶺爬嶺夾流籠　平地靠我雙腳跑
基隆爬到流籠頭　經過磅空戲臺口
下車行了幾步路　輕輕鬆鬆到阮叨
看人面色我尚敖　有二先錢就極派頭
輸繳上車錯加譙　臭屁雞歸叫是翱
人客安全坐甲到　全靠沿途我伺候
九份人客尚大方　出手織不大紅包

未曾搭過流籠的我，只能藉由歌詞想像舊往坐臺車的風光。步道接近九份處稱流籠頭，它的終點在瑞芳去九份的上山路口附近，為流籠腳。

從頌德公園經過磅空口，一路走到這裡都是平坦的水泥路，沿途會路過小墓區。九份發現金礦後，湧入四面八方的人潮，大夥都懷抱可以挖到黃金的美夢，即使沒一朝致富，但在坑內蹲個三年五載，說不定好歹也衣錦還鄉，可惜事與願違，有些人來不及挖到金礦就客死異鄉，葬身在山壁間，與未現蹤跡的金脈比鄰而居。

如果說從流籠頭到流籠腳有什麼令人鼻酸的風景，我想無非是這片小墓區的故事莫屬了。

徒步過小墓區再往前走，出現的是小廣場，這裡應該就是古早的流籠頭，草坪上設置了數張鐵灰色的椅子，兩側的花木扶疏，山櫻開得正好，我從旁邊的觀景平臺欣賞山海景色，眺望瑞芳地區，風情美不勝收。

繼續向前行，遇見一座隧道，據聞這是古早流籠古道的遺跡，隧道口的圓拱形砌石尚完整地存留著，洞裡潮溼且有青苔，經過時須格外注意安全。

沿著石階一路由上往下行，不用半個鐘頭就抵達一〇二縣道入口，道路旁立有「琉榔路觀光步道」石碑，附近有客運站牌，我從這裡搭公車回九份，省略了由下往上走山路的辛苦。

等天氣再清朗些，人再養精蓄銳些，我想由流籠腳至流籠頭，完整地登它一回。

琉榔路觀光步道指示碑。

我們安靜看著歷史迤邐的光影，重溫九份的萬種風情。

隔頂
基隆山登山步道
八番坑
IV咖啡
觀海亭
浮藝洋行
阿婆魚羹
是誠陶笛
便路
九重町
阿蘭草仔粿
木屐手創館
基山街
九份老麵店
九份老麵店
前油蔥粿
N

九份街道地圖
臺陽礦業事務所
九份派出所
墨旅書道
創意館
彭園
瑞芳風采館
昇平戲
水心月茶坊
陶工坊
豎
崎
路
九份藝術館
九份茶坊
汽
車
路
山巴咖啡
頌德公園
金礦博物館
野事草店
胡達華
釘畫美館
五番坑

汽車路
（市下巷18號）
輕便路
施家大宅穿屋巷
巷
施家大宅
（基山街106-3號）
基山街
閉穿屋巷
阿柑姨芋圓
（豎崎路5號）
崙頂路
九份國小
N

穿屋巷路線圖
臺陽礦業事務所
豎崎路
水心月茶坊
昇平戲院
芋仔番
阿妹茶樓
（市下巷20號）
歐風鄉村咖啡
（基山街177號）

基隆山登山步道
瑞雙公路
小金瓜露頭
N

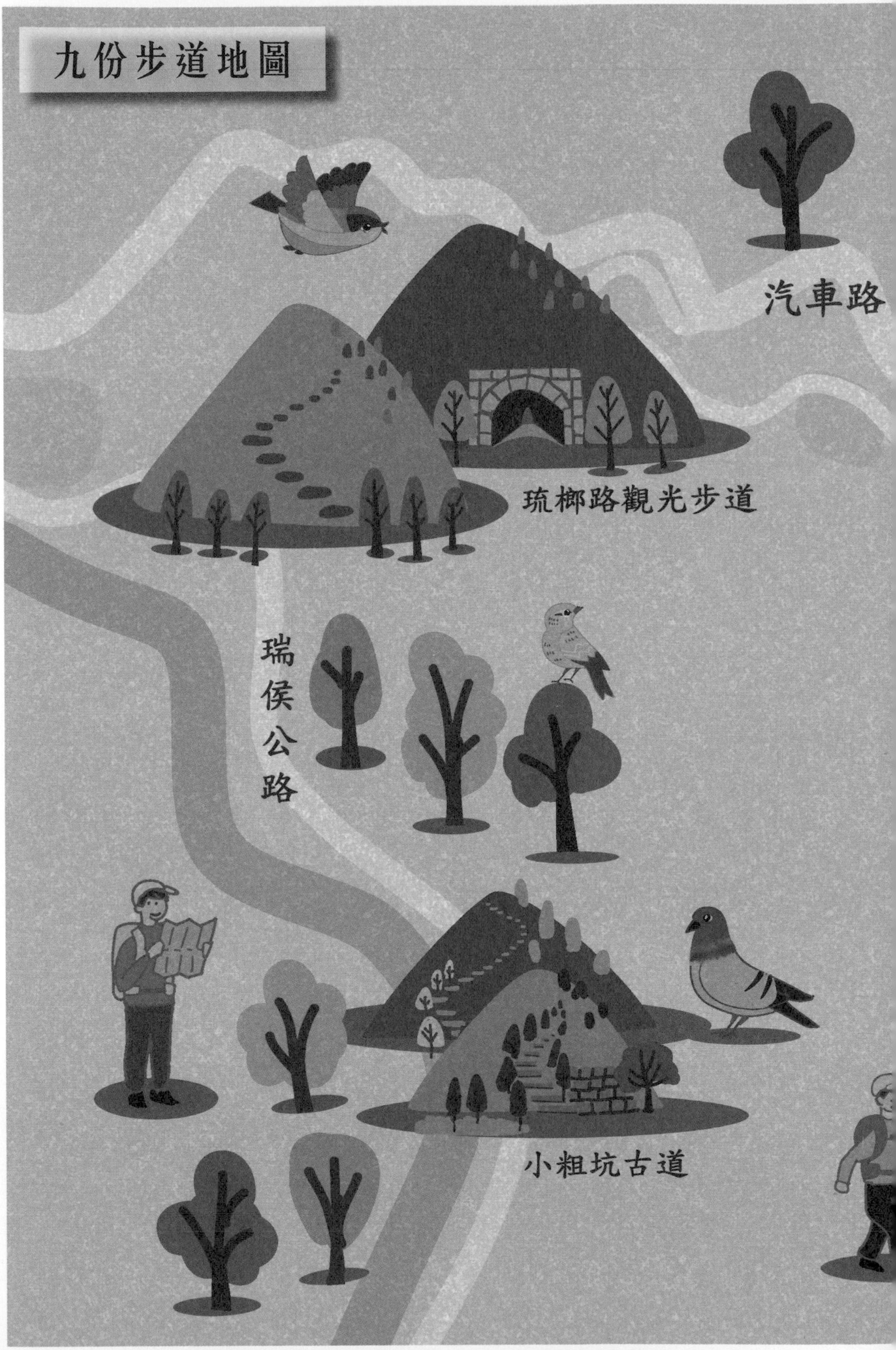
九份步道地圖
汽車路
琉榔路觀光步道
瑞侯公路
小粗坑古道

View 083

一想到九份

作者—賴舒亞
主編—李國祥
封面設計—黃永寧
美術設計—黃永寧
攝影—林俞歡
地圖繪製—蔡杏元
校對—李國祥、賴舒亞、謝佳容

總編輯—胡金倫
董事長—趙政岷
出版者—時報文化出版企業股份有限公司
108019臺北市和平西路三段二四〇號三樓
發行專線—（〇二）二三〇六—六八四二
讀者服務專線—〇八〇〇—二三一—七〇五
（〇二）二三〇四—七一〇三
讀者服務傳真—（〇二）二三〇四—六八五八
郵撥—一九三四四七二四時報文化出版公司
信箱—一〇八九九臺北華江橋郵局第九九信箱

時報悅讀網—http://www.readingtimes.com.tw
電子郵箱—genre@readingtimes.com.tw
法律顧問—理律法律事務所 陳長文律師、李念祖律師
印刷—詠豐印刷有限公司
初版一刷—二〇二〇年八月二十一日
定價—新臺幣三八〇元

時報文化出版公司成立於一九七五年，
並於一九九九年股票上櫃公開發行，於二〇〇八年脫離中時集團非屬旺中，
以「尊重智慧與創意的文化事業」為信念。

一想到九份 / 賴舒亞著. -- 初版. -- 臺北市：時報文化，
2020.08
面；　公分. -- (View；83)
ISBN 978-957-13-8323-1(平裝)

863.55　　　109011372

ISBN 978-957-13-8323-1
Printed in Taiwan